Florence Servan-Schreiber
avec la collaboration d'Anne Ducrocq

Se marier autrement

Comment inventer une cérémonie civile ou religieuse

Emilie Jonquet

•MARABOUT•

Remerciements
Le mariage est une affaire intime. C'est pourquoi je remercie chaleureusement les couples qui ont accepté de témoigner de leur aventure avec émotion et générosité et tout particulièrement :
Annabelle et Rajesh Varma, Valoris et Éric Neveudedieu,
Claude Servan-Schreiber et Françoise Gaspard, Martine et Francis Toussaint, Donna et Éric Schnedecker, Pascaline et Kevin Ryan, Camille et Jason Cohn, Pascale Senk et Patrick Chompré, Céline et Éric Portal, Perla et Jean-Louis Servan-Schreiber.
Pour leur aide et leurs patientes recherches, Marc de Smedt et Denis Gianetti.
Pour son expérience du mariage fidjien, Raquel Hadida.
Pour sa passion du Feng Shui, Sophie Thomas.
Pour leurs contributions musicales, Isabelle Vaudey et Erik Pigani.
Ainsi que tous ceux qui, sans le savoir, ont fait progresser ma réflexion sur ce lien sacré.
Et surtout, Alex Berger, mon mari, qui m'a fait découvrir que la magie d'une cérémonie de mariage n'est que le tout début de l'incroyable et joyeux voyage d'une vie ensemble.

FSS

SE MARIER DIFFÉREMMENT

Je me suis mariée différemment. Différemment de mes parents et de mes grands-parents. Différemment des contes de fées et des fins de films. Différemment de la plupart de mes amis qui ont opté pour des cérémonies traditionnelles. Pourtant, comme eux, j'ai choisi mon mari pour unir le cours de ma vie à la sienne.

Rien d'extraordinaire, mais nous n'avions pas les mêmes attaches spirituelles. Enfant, j'allais au catéchisme pendant qu'il étudiait la Torah. Adolescente, je me suis éloignée du banc de ma grand-mère à l'église, et, au moment de me marier, je ne me reconnaissais pas dans le serment matrimonial qu'il aurait fallu prononcer devant monsieur le curé. Un mariage juif ne nous a pas semblé une meilleure solution car, pour bien faire, j'aurais dû entreprendre plusieurs années d'études. Et surtout, nous n'éprouvions pas le besoin d'être semblables pour nous unir...

La solution de facilité était de faire ce que font la plupart des gens : aller à la mairie puis faire la fête. Mais notre engagement représentait pour nous bien plus que la signature d'un document et devait être l'occasion d'un rituel dont nous allions devoir définir les codes ensemble.

S'il a été rapide de savoir, pour l'un comme pour l'autre, ce que nous ne voulions pas intégrer dans notre cérémonie, il était en revanche bien plus difficile d'en définir le sens et les impératifs. Seuls, nous n'aurions pas su le faire. Nous nous sommes tournés vers un ami de la famille, passionné de spiritualité, qui nous a accompagnés.

Le travail entrepris fut instructif, incisif, amusant, révélateur et parfois enragé, mais le résultat a dépassé nos espérances. Nous avons recensé les symboles communs aux traditions de mariage de nos religions. Parmi eux, nous avons noté ceux qui nous parlaient. Nous avons voulu donner un rôle actif à nos mères, à nos pères, à nos sœurs et à nos frères. Nous avons parcouru des livres à la recherche de textes exprimant notre vision du mariage : une aventure de partage, de tolérance et d'épanouissement mutuel. Petit à petit, la cérémonie a pris une forme qui nous a plu. Restait à choisir le lieu, le meilleur moment de la journée et la musique.

Le jour venu, entourés d'une poignée d'amis, nous avons été submergés par l'émotion et par le sens de notre engagement. Cette demi-heure passée au petit matin sous un chêne dans un pré en Provence reste un des moments fondateurs de notre histoire et de notre vie.

Ce livre est conçu pour proposer des clés, des rituels, des atmosphères, des mots et des idées à tous ceux qui veulent apporter une touche personnelle à la cérémonie de leur mariage civil, religieux, laïque, œcuménique, officiel ou symbolique. Choisir sa cérémonie, c'est entreprendre un pas de deux qui transforme les différences en complémentarité et qui ouvre une voie, réaliste et volontaire, au long voyage du mariage.

Florence Servan-Schreiber

Se marier ou s'unir

Se marier, ou s'unir officiellement, est un geste public par lequel deux personnes proclament ou entament leur relation quotidienne et leur intimité sexuelle. On retrouve le mariage dans toutes les sociétés, qu'il soit monogame, polygame (plusieurs femmes), polyandre (plusieurs maris) et, depuis peu, homosexuel. Le Pacs a permis aux Français qui ne peuvent pas, ou ne veulent pas, se marier d'obtenir à leur tour une reconnaissance publique de leur projet de vie.

Que l'on retienne le principe d'une cérémonie plutôt civile ou plutôt spirituelle, il y aura un avant et un après. En affichant leur amour aux yeux de tous, les mariés demandent à être définis par et reconnus pour les sentiments qu'ils se portent mutuellement et les valeurs qu'ils partagent. Le couple entre dans une vie conjugale, avec ce qu'elle suppose de joies partagées mais aussi de devoirs, qu'ils soient déterminés par leurs convictions religieuses, par le Code civil ou, plus simplement, par eux-mêmes. Dans ce livre, il est fait référence au mariage. Pour des questions de légèreté d'écriture, le mot union, plus informel, n'y figure pas. Vous l'aurez compris : ces pages s'adressent à tous ceux qui s'aiment et qui veulent le proclamer ouvertement, avec leur art et leur manière…

On se marie à l'église, au temple, à la synagogue ou à la mosquée parce que l'on croit, ou pas. On se marie à la mairie pour les papiers, ou pas. On peut aussi se passer de l'un comme de l'autre, et s'unir l'un avec l'autre devant des témoins de son histoire, et choisir pour ce jour d'inventer une cérémonie sur mesure.

Cet ouvrage est destiné à ceux qui se marient pour la première fois comme à ceux qui se remarient, à ceux qui épousent une personne d'une autre religion, à ceux qui marient leurs différentes cultures, à ceux qui n'aiment pas les conventions, à ceux qui les aiment un peu quand même, à ceux à qui la loi interdit de se marier, à ceux qui veulent ajouter du sens à un mariage civil ou de la douceur et de la profondeur à un Pacs.

Osez rêver

Une bonne connaissance des **traditions** qui nous entourent est la meilleure source d'inspiration. Nous avons donc choisi de voyager avec vous **dans le monde** d'hier et d'aujourd'hui pour y découvrir une large palette de rituels de mariage : chaque religion, chaque pays, parfois chaque région, a sa façon de vivre ce rite de passage. C'est l'objet de notre **première partie**. Les cérémonies traditionnelles peuvent être le miroir ou le socle de votre mariage dans la continuité de ceux qui se sont aimés avant vous.

Mais à histoire unique, cérémonie unique. Votre mariage ne doit ressembler à aucun autre. Pour notre **seconde partie**, nous avons rencontré des dizaines de couples qui nous ont confié **les clés d'une cérémonie sur mesure** : un mariage se cisèle, ce n'est pas une journée « prêt à porter ». Des témoignages personnels, truffés d'idées concrètes qui ne manqueront pas de vous inspirer pour une journée « pièce unique ».

Parce que marquer son engagement passe par l'utilisation de symboles, nous avons répertorié dans une **troisième partie** les grands **symboles du mariage** pour vous en révéler la profondeur. Combien se marient en blanc sans savoir pourquoi ? Combien délaissent les symboles du sel, du miel ou des colombes, porteurs de beauté tout à fait appropriée à un mariage inoubliable ? Pour que les gestes que vous retiendrez prennent tout leur sens…

Enfin, trouver un **texte** pour son mariage est toujours un vrai casse-tête. Alors, pour finir, nous en avons choisi certains qui parlent d'amour, du bonheur, ou du couple. Ils sont là pour vous inspirer ou être utilisés tels quels, transformés, ou mélangés.

Les traditions du monde

À VOUS DE CHOISIR

Dans le monde entier, des mariages sont célébrés. Chaque peuple, chaque religion, chaque culture, chaque famille a ses références, ses coutumes et sa façon de célébrer le passage mystérieux du mariage : moment sacré, il touche la transmission de la vie.
Ces gestes, répétés de génération en génération, ont une signification que l'on ne connaît pas toujours. Nous avons entrepris, pour ce livre, un voyage au cœur des grandes traditions de mariage. Pour les regarder de plus près, pour apprendre à les décrypter et, peut-être, s'approprier un geste ici ou là qui vous touche par sa délicatesse ou qui vous ressemble... Le mariage est affaire de rencontres.

La noce a longtemps été une tradition locale, centrée autour d'une famille et de son village. Plus les hommes ont voyagé, plus les coutumes se sont métissées. Il est courant de voir des couples se marier comme l'ont fait des centaines de générations avant eux. Pourtant, il devient aujourd'hui plus fréquent de rencontrer des couples qui ont entièrement façonné leur cérémonie selon leurs désirs et leurs sensibilités en glanant des gestes venus d'ailleurs... À vous de choisir ce que vous allez emprunter et ce que vous allez inventer.

1

LE MARIAGE ANTIQUE

La fille de son mari

Dans l'Antiquité, en Grèce comme à Rome, l'état de mariage était considéré comme un devoir de citoyen et l'on se mariait fort jeune. Le mois de janvier était très prisé pour les mariages. Les jeunes filles étant enfermées dans les gynécées dont elles ne sortaient quasiment jamais, le fiancé ne pouvait se décider qu'à partir du portrait, plus ou moins fidèle, que lui faisait l'entremetteuse de sa promise. Lorsque, le jour de la cérémonie du mariage, la jeune fille soulevait son voile et montrait son visage, ils étaient déjà engagés de manière radicale…

La veille du mariage, la fiancée est menée au bain comme en triomphe. La jeune femme porte un voile rouge ou jaune (que les Arméniens ont conservé) qui lui couvre la tête et tout le corps. Il dissimule la rougeur, l'embarras et, parfois, les larmes de la jeune fille.

Le jour de la noce, les mariés portent chacun une couronne (avec des fleurs dites « immortelles »), dont l'usage est aujourd'hui maintenu par les orthodoxes. La couronne du mariage est conservée jusqu'à la mort.

La cérémonie se déroule en trois temps. Dans la maison paternelle, le père offre tout d'abord un sacrifice puis donne solennellement sa fille au jeune homme. Il la dégage ainsi de tout lien et de toute attache avec les divinités de la maison paternelle. Il reçoit du fiancé une pièce de cuivre symbolique, dans une parodie de vente. Un flambeau de mariage est porté en tête de cortège et jusque dans la chambre nuptiale où il brûle jusqu'à ce qu'il soit entièrement consumé.

La mariée, vêtue de blanc, couleur des vêtements dans tous les actes religieux, est menée en char chez son époux où se déroule la suite de la cérémonie. Les invités brûlent l'essieu de l'attelage pour lui signaler qu'elle ne bougera plus de sa demeure... On présente à la jeune femme l'eau lustrale (purificatrice) et le feu. Le feu est le symbole de la divinité domestique, l'eau sert à la famille pour tous les actes religieux. Pour qu'elle puisse entrer dans la maison, l'époux doit simuler un rapt : il soulève sa fiancée dans ses bras et la fait pénétrer dans la demeure sans que ses pieds touchent terre. Elle pousse de petits cris, ses compagnes font mine de la défendre... Une matrone n'ayant été mariée qu'une seule fois joint, devant dix témoins, les mains droites des nouveaux époux (*junctio dextrarum*) en signe d'engagement mutuel à vivre ensemble. Après quelques prières, la jeune femme est aspergée d'eau lustrale. Les époux partagent alors un gâteau de fleur de farine, d'épeautre ou d'orge. Dès lors, ils sont associés au même culte. La femme a quitté les divinités de son père pour rejoindre et célébrer celles de son mari. C'est une seconde naissance : elle devient la fille de son mari.

> *« La nature humaine ne trouvera pas meilleur allié que l'amour. Dès lors, je dis que chaque homme se doit de l'honorer, de marcher à sa rencontre et d'exhorter les autres à faire de même, de se soumettre au pouvoir et à l'esprit de l'amour... et ce pour toujours. »*
>
> *(Socrate)*

2

LE MARIAGE CATHOLIQUE EN FRANCE

L'histoire d'un « oui » sacré

L'Occident marqua longtemps une grande réticence à faire participer un prêtre au mariage. Les cérémonies ne se déroulaient pas à l'église. Néanmoins, dès le IIIe siècle, on voit des évêques ou des prêtres venir à domicile bénir un mariage, prier avec les familles. Selon les régions, ici le prêtre se substituait au père de la fiancée, là il bénissait le lit nuptial.

Le mariage fut pendant des siècles ritualisé par une cérémonie privée familiale, chez les parents de la jeune femme, avec une formule d'engagement mutuel. Célébrées à la maison, les noces comportaient une partie de prière et de bénédiction. Le mariage était conclu par le père de famille. Après l'échange des consentements, il mettait alors la main de sa fille dans celle de son mari, puis le jeune couple signait son contrat de mariage. La mariée partait ensuite chez son mari.

Au XIe siècle, l'Église impose son intervention. Les mariés échangent leur engagement devant la porte de l'église avant qu'ils ne participent à la messe et ne reçoivent la bénédiction nuptiale. Le mariage devient un sacrement au XIIe siècle. Il est indissoluble, à l'image même de l'amour qui unit le Christ à son Église. Désormais, à travers le

Le mariage chrétien est une promesse
Promettre, c'est tenir une personne pour un partenaire capable d'avenir, porteur d'une espérance. Promettre, c'est placer devant quelqu'un un espace à parcourir, où se rencontrer, où se donner l'un à l'autre.

sacrement du mariage, le prêtre permet à deux personnes de signifier quelque chose qui les dépasse. L'Église a toujours subordonné la validité du mariage au consentement mutuel des époux. Les règles et cérémonies d'aujourd'hui ont été figées au XIXe siècle. C'est le consentement qui fait le mariage (contrairement à l'Orient chrétien où le mystère du mariage s'accomplit au moment où le couple communie ensemble, en public, au corps et au sang du Christ).

Quelle différence entre une messe et une bénédiction ?

Lors d'une cérémonie dans une église catholique, vous pouvez demander une messe de mariage ou opter pour une simple bénédiction. Quoi que vous choisissiez, n'oubliez pas que le mariage est un sacrement, c'est-à-dire une grâce qui se reçoit de Dieu.
En choisissant une bénédiction, le couple confie son amour à Dieu qui est Amour. C'est une façon de sceller son union sous son regard.
Préférer une messe est un choix plus engageant : en communiant, le couple partage son amour avec le Christ. Il s'engage, en recevant l'eucharistie, à vivre à la suite du Christ. Le Dieu des chrétiens est un Dieu d'amour agissant et créateur : c'est un amour en acte, comme le levain dans la pâte, comme le sel dans la nourriture. En communiant au corps du Christ lors d'une messe, les mariés font alliance avec lui au moment même où ils font alliance ensemble. Le couple s'engage ainsi à ne jamais oublier le « grand troisième » dans la vie à deux. Néanmoins, même célébré sans eucharistie, le mariage reste un sacrement. De fait, parler de « simple bénédiction » est un abus de langage.

La cérémonie

La majorité des couples choisissent encore d'enserrer les promesses échangées et leurs espoirs secrets dans les murs des églises. Une touche profane et romantique pour certains, profondément religieuse et une marque d'engagement pour d'autres. La mariée est généralement la dernière à arriver à l'église au bras de son père. Elle ne porte aucun bijou à part sa bague de fiançailles et un collier discret. Un enfant la précède, symbole de forces nouvelles. Des enfants d'honneur, formant de petits couples, la suivent en tenant sa traîne. Tous les yeux braqués sur elle, elle remonte la nef et va s'installer à droite devant l'autel où son époux l'attend, en principe sans détourner la tête. Sa famille occupe la partie gauche de l'allée centrale, celle du marié la partie droite.

Le mariage repose sur un échange, celui des consentements. De fait, c'est le moment central de la cérémonie : un homme et une femme se disent « oui ». C'est là que, traditionnellement, l'époux soulève le voile de tulle ou de dentelle de sa fiancée. Au moment du « oui », il n'y a pas si longtemps encore, la jeune femme regardait sa mère pour avoir son accord.

Un homme et une femme se disent « oui » pour la vie car, en choisissant de recevoir le sacrement du mariage, ils savent que « l'homme ne peut défaire ce que Dieu a uni ». Dès que l'échange a été publiquement exprimé, les époux se donnent le sacrement et l'Église peut le célébrer. Dès lors, Dieu se donne à vivre dans le couple et le prêtre permet simplement aux jeunes mariés de signifier leur foi dans une réalité qui les dépasse.

Vient ensuite l'échange des anneaux, symbole extérieur de leur amour et de leur fidélité. Le prêtre bénit alors leur union. Désormais mari et femme devant Dieu et les hommes, le couple échange un baiser. Les jeunes mariés signent ensuite le registre paroissial, ainsi que leurs témoins, avant de sortir, au son des grandes orgues et des cloches, émus et immergés sous une pluie de riz ou de pétales de rose. Une nouvelle vie commence, au son des klaxons.

En Savoie : une noix pour deux

Pour savoir si un prétendant qui vient faire sa demande de mariage sera accepté ou non, les Savoyards se passent de mots et de discours. Si on attise le feu en sa présence, si on le met à la place d'honneur près du feu ou qu'on lui donne un plat de soupe avec beaucoup de fromage, il est assuré de son succès. En revanche, si la jeune fille introduit quelques grains d'avoine dans sa poche ou qu'on le fait asseoir près du feu, là où sont empilées les bûches, on lui signifie que sa demande en mariage est refusée. Si un rival emporte la belle, on place un arbre décoré de rubans et d'oignons devant la porte du vaincu. Pas de pitié !

Les noces en Maurienne ont souvent lieu en juin, période où le travail, entre semailles et fenaison – récolte des foins –, n'est pas trop pressant. Il est fréquent que plusieurs noces se déroulent le même jour. Les fiançailles ont lieu peu de temps auparavant : le fiancé offre à sa future femme une pièce d'or, appelée l'engagement, une chaîne avec une croix et un coulant en forme de cœur. Chaque noce réunit entre soixante et cent vingt convives. Les familles aménagent une grange ou des tentes en plein air pour le festin. De leur côté, les fiancés achètent les « beaux », vêtements, parures, alliances, et font la tournée de leurs invités pour des cérémonies qui vont durer trois jours.

Le vendredi est le jour des sapins. Tous les garçons de la noce partent dans la forêt couper de jeunes épicéas qu'ils dressent devant la maison de chacun des deux époux et devant l'église. Les jeunes filles les décorent de rubans. Tout cela s'accomplit dans la liesse.

Le samedi est le grand jour. Les parents et les amies de la fiancée sont barricadés chez elle. Le jour de ses noces, la mariée de la vallée des Arves porte autant de rouge que possible et beaucoup de fleurs artificielles en couronne autour de la coiffure. Le marié, ses parents et ses amis, montés sur des mulets enrubannés, forment un cortège et partent à l'assaut de la maison de la belle. Beaucoup sont armés et tirent des coups de feu. Palabres, requêtes et chansons finissent par avoir raison de la résistance de la mariée qui ouvre la porte. Toute la noce part à dos de mulet à la mairie puis à l'église. Quand les époux viennent de deux villages différents, ils doivent passer le rite de la barrière. Un ruban, une planche ou un char est placé en travers du chemin pour bloquer le passage au cortège. L'époux doit parlementer et offrir à boire aux gardiens. Le long du chemin, en traversant les

villages, les jeunes gens offrent du vin à tous les passants pendant que retentit : « Oh ! je la tiens, je la tiens celle que mon cœur aime. »
En Dauphiné, dans chaque village traversé, une table est mise au milieu de la route avec un verre de vin et deux noix confites. Les mariés doivent boire chacun la moitié du verre et manger une moitié de noix : ils sont dorénavant unis comme les coquilles d'une noix. On dit aussi que la noix permet de ne pas se laisser influencer par les autres et de rester ferme dans ses opinions. C'est le moment ou jamais…
À la sortie de l'église, tout le monde se rend chez les parents du marié. Sur le seuil, on fait boire aux jeunes mariés un verre de vin chaud contenant une pincée d'avoine, censée surexciter leur ardeur amoureuse. On attache un tablier blanc à la mariée, on lui donne un balai et, s'il n'y a pas de belle-mère, une clé. Ce rituel daterait des Romains pour qui la clé symbolisait la possession. Le festin se déroule avec beaucoup de vin et de chansons. Vient enfin l'heure de la soupe à l'oignon. C'est le moment que choisissent les époux pour s'éclipser. Le dimanche, la fête continue mais avec moins d'éclat : les forces ont déjà bien diminué…

En Provence : lancer le blé

Pour éloigner le mauvais sort, on met du sel dans la poche du marié et dans la chaussure de la mariée. La mariée arlésienne, jusqu'à la guerre de 1914, se marie le plus souvent en noir. Elle portera à nouveau son costume de noces le Jeudi saint suivant son mariage, à condition qu'elle ne soit pas enceinte.
La coiffe de la mariée se compose souvent d'un voile, qu'elle noue au moment d'offrir son bouquet de fleurs blanches à la Vierge. À la sortie de l'église, les nouveaux mariés passent sous un arceau fleuri. Le mari offre à sa femme la clé de leur demeure, qu'elle accroche à sa ceinture. Une coupe de blé est alors remise à la mariée, qui en jette le contenu sur ses beaux-parents pour montrer sa ferme intention d'apporter la prospérité dans sa

nouvelle famille. Les invités lui lancent alors des dragées et de la monnaie. Les jeunes mariés sautent une barre fleurie ou un ruban tendu, symbole de leur passage dans leur nouvelle vie. La mariée reçoit trois petits pains : elle en offre deux à sa famille et donne le troisième à ses amis. Cela signifie qu'elle saura nourrir sa famille mais qu'elle n'oubliera pas ses amis.

Dans les Landes : les invités font le service

La coutume veut que le prétendant et ses parents viennent dîner chez les parents de la jeune fille pour faire la demande. Si, au moment du dessert, une noix est servie, cela signifie qu'elle est rejetée. En cas d'acceptation, deux voisins désignés par la famille vont prier les invités à la noce : tous les dimanches, ils vont ensemble, bien habillés, munis d'une canne, taper aux portes. Si la maîtresse de maison accepte l'invitation, elle attache un ruban à la canne. Le jour de la noce, les cannes enrubannées sont accrochées derrière la table d'honneur, autour d'un drap blanc où est inscrit « Honneur aux mariés ».
Pendant le repas, les invités servent le vin et sont chargés d'apporter les plats à table. Si une bouteille vient à se vider entièrement, les moqueries fusent et l'on allume un morceau de papier dans la bouteille.

La tradition de la rôtie

Avant la nuit de noces, les amis viennent apporter la « rôtie » aux époux. Sucrée, c'est une mixture à base de vin blanc, de chocolat et d'œufs servie dans un pot de chambre ; épicée, c'est un vin chaud aromatisé aux vertus aphrodisiaques… En Bretagne, c'est une soupe au lait avec des morceaux de pain. Les mariés sont obligés de se prêter à la « dégustation ».
Le rite de la rôtie a parfois pour but de retarder la consommation du mariage : le marié, le ventre plein, aura du mal à accomplir son devoir conjugal. Pour d'autres au contraire, il redonne des forces

au marié et stimule la sexualité du jeune homme. En Bourgogne, c'est un vin miellé et poivré, dans lequel on rajoute, dans le Limousin, de la cannelle.

Les taquineries faites aux nouveaux mariés et les mauvais tours joués aux couples en lune de miel sont des survivances des jours fort lointains où l'on croyait qu'il était bon de paraître misérable et mal à l'aise devant les esprits pour éviter d'exciter leur envie.

Dans le Jura : le marié est interdit de table d'honneur

La demande en mariage dans le Jura a son romantisme bien à elle : le jeune amoureux offre des pièces d'or ou d'argent à son élue. Si elle les empoche immédiatement, c'est qu'elle accepte. Dès lors, elle est considérée comme fiancée. Si elle entend changer d'avis, elle devra rendre le double de la somme... Le prix de l'ego ?

La veille de la noce, alors que la fiancée fait les derniers essayages de sa robe, ses amis lui offrent un mauvais morceau de pain noir ainsi qu'un gâteau et un verre de vin. Le message est sans ambiguïté : son nouvel état amènera à la fois des peines et des joies.

Le mariage se célèbre dans la paroisse de la fiancée, qui, la tête ornée d'une couronne de myrte fleuri, se laisse conduire, après quelque résistance, à l'église, au bruit des armes à feu et des instruments de musique. Le père ouvre le cortège tandis que le futur époux reste en arrière avec les vieillards...

La cérémonie achevée, le père de l'époux ramène l'épouse au logis pendant que des cris, des coups de pistolet et de fusil, et les sons de la musette expriment de nouveau la joie du jour. Si la jeune fille doit déménager pour aller vivre dans un village voisin, la jeunesse du pays retarde son départ en investissant le chemin qu'elle doit parcourir et, à la sortie du village, lui offre un bouquet d'adieu.

Le couple arrive devant la maison du jeune homme, la porte est close. De l'intérieur, la mère du marié leur jette plusieurs poignées de blé, fèves, pois, pour leur souhaiter la prospérité. Bientôt la porte s'ouvre, la mère s'avance sur le seuil et présente à sa bru un verre de vin et un morceau de pain. La jeune femme partage ce présent avec son époux, car tout entre eux va devenir commun ; puis elle est introduite dans la maison. On lui fait subir quelques épreuves ; par exemple, on pose un balai par terre en travers de la porte ; si elle est soigneuse, propre, laborieuse, elle le ramasse, le range ou, mieux encore, balaie la chambre en présence des spectateurs. Les invités s'installent ensuite autour de la table de fête mais le marié n'y prend pas place : tous les honneurs sont réservés à sa femme. Entre la queue de cortège et le service à table, ce n'est décidément pas son jour !

Sarah et Sam

Ils étaient quatorze ce matin-là, dans le brouillard matinal, à pénétrer dans la vieille abbaye du XIIe siècle. Chacun portait un coussin de méditation blanc, rond et rembourré.

Un couple d'amis, organisateurs bienveillants de cette cérémonie « christo-zen », les attendait. Sam, d'éducation catholique, et Sarah, juive, souhaitaient s'unir dans une atmosphère de méditation orientale et de silence.

Dans la salle capitulaire, un jeune prêtre dominicain les a accueillis au nom du Dieu d'Abraham et du Dieu de Jésus. Il a fait allusion à leurs origines différentes et à leurs goûts communs. Il a remercié l'assemblée de les entourer de leur présence et de leur affection.

Tous ont alors fait, en procession, le tour du cloître avant d'entrer dans la très belle et très simple nef pour une première méditation individuelle dans le recueillement. En rang, chacun assis sur son coussin, tous sont allés au plus profond d'eux-mêmes, inspirés par le lieu et par les circonstances. Le gong a annoncé la fin du silence, puis le prêtre a célébré un office épuré et annoncé la communion. Fidèle à sa religion, Sarah, qui ne communie pas, choisira ce jour-là de distribuer l'hostie et une gorgée de vin à chacun de leurs amis.

Une nouvelle méditation silencieuse, suivie d'une psalmodie en grec, a conclu la célébration. Leurs religions transcendées, Sam et Sarah se sentaient déjà mariés en prenant le chemin de la mairie.

3

Le mariage orthodoxe

Des gestes par trois

Les préparatifs

En Grèce, pour se protéger des esprits jaloux, la fiancée fixe une épingle de sûreté et un petit ruban à son soutien-gorge. Parfois, elle fabrique une bannière où sont gravés une croix, les noms des mariés et leur date de mariage. Trois pommes emballées dans du papier argenté y sont attachées, symboles de fertilité. Cette bannière devient la mascotte du couple. Plus tard, c'est avec elle que les jeunes mariés ouvrent le bal. Elle est même conservée après la fête.

En Pologne, la veille de la noce, les jeunes filles se réunissent pour célébrer la fin du célibat. Elles préparent la couronne de fleurs que la mariée portera le lendemain. Elles chantent des chansons tristes qui évoquent son départ de la maison natale et sa séparation d'avec ses parents et ses amis célibataires. Au cours de cette fête, le frère de la mariée défait rituellement les tresses de celle-ci.

Quand le fiancé frappe à la porte de sa promise, il est accueilli par la mère, ou la sœur de la mariée, qui lui tire l'oreille parce qu'il est considéré comme celui qui vient « ravir » la jeune fille. Parfois, il doit même payer pour être admis dans la maison de ses beaux-parents. La future mariée paraît sur le seuil de sa porte et reçoit un bouquet. C'est avec émotion que son fiancé l'attend, en compagnie de son témoin, généralement son parrain. Ils portent une fleur identique au bouquet au revers de leur veste. La mariée fait trois fois le signe de croix et embrasse les murs de la maison qui l'a vue grandir, avant de prendre congé de ses parents. Chez les Slaves, la mariée, avant de partir, demande pardon à ses parents pour le chagrin qu'elle a pu leur causer et les remercie. En retour, le couple reçoit leur bénédiction. Pendant ce rituel, la mariée pleure à chaudes larmes pour montrer sa reconnaissance et sa peine de quitter la maison paternelle. Des dragées sont distribuées à tous les invités avant le départ pour l'église. Elles symbolisent la fertilité et augurent d'un bon départ du couple dans sa nouvelle vie.

La cérémonie

Arrivé à l'église, le couple entre en premier, à la droite du pope. Ce dernier mène les fiancés aux icônes. Ils se signent devant elles et les embrassent avant de se laisser conduire à l'autel. Deux jeunes enfants d'honneur les y attendent, un grand cierge à la main. Ces deux cierges, allumés au début de la messe, sont reliés par un voile blanc symbolisant l'union du couple. Les invités entrent dans l'église. La famille et les amis se tiennent en arc de cercle autour d'eux : tous portent une même écharpe blanche, brodée de couleurs vives. Les femmes sont du côté de la mariée, les hommes leur font face. Le pope entonne le chant traditionnel d'entrée puis bénit l'assistance avec de l'encens.

Après une lecture d'un passage de la Bible, le pope prend les alliances et, avec celles-ci, fait trois fois le signe de croix devant le visage du marié. Celui-ci embrasse les anneaux puis le prêtre effectue le même rituel pour la mariée. L'officiant bénit alors la coupe de vin et la tend à trois reprises au marié puis à la mariée. En buvant à la même coupe, les époux symbolisent le fait

> ***Certaines mariées slaves rompent une tranche de pain au-dessus de leur tête : une partie est destinée au marié, le reste à leurs parents. Le morceau à l'attention du futur époux doit être plus grand. La mariée symbolise ici que, si elle aime toujours ses parents, elle témoignera désormais plus d'amour à son mari…***

que désormais ils partageront la même vie. Le témoin doit aussi y porter les lèvres.

Le pope glisse ensuite les alliances jusqu'à la moitié de l'annulaire droit des conjoints. Le témoin vient achever le geste : il prend les anneaux en croisant les bras et les échange trois fois entre le marié et la mariée avant de les glisser entièrement à leurs doigts. Les couronnes, reliées entre elles par un ruban de soie blanc et offertes par le témoin, sont placées par le pope au-dessus des mariés. Le témoin échange à nouveau trois fois les couronnes en croisant les bras. De cette façon, le lien entre les époux est une fois de plus marqué symboliquement. Pour souligner encore cette unité, le témoin – omniprésent – place sur le dos des jeunes mariés une étoffe. C'est à ce moment que l'on sait lequel des deux mènera le ménage : si le marié marche le premier sur les pieds de sa femme, c'est lui qui sera le maître de la maison. Si c'est elle qui est plus rapide, les rôles seront inversés. Parfois, le couple s'entend à l'avance pour ne pas s'écraser les pieds, malgré les encouragements de l'assistance.

Le prêtre prend alors le couple par la main et, avec le témoin, ils font trois fois le tour de l'autel. Une vraie ronde... L'assemblée leur lance alors du riz, des dragées, des bonbons, des fleurs et des pièces de monnaie. Les enfants se jettent dessus... La solennité vire à la joie et à la fête, le père du marié invite au banquet. Avant que les mariés ne quittent l'église, on leur attache des billets de banque aux vêtements. C'est souvent le moment où le jeune couple reçoit des bijoux de famille en or.

La fête

Tout le monde se dirige, à grands coups de klaxon, vers le lieu de la réception et du festin. On évitera de suivre le même chemin que celui emprunté pour se rendre à l'église pour tromper les mauvais esprits. Parfois, le cortège fera un court arrêt chez les parents du marié. Devant la porte, la mariée reçoit une cuillerée de miel et boit un verre d'eau. Elle promet ainsi de chercher à s'adoucir et de veiller à ne pas se disputer avec sa belle-famille. Une assiette est placée sur le seuil de la porte d'entrée : la mariée la brise du pied, symbolisant la rupture de l'hymen. On cogne les têtes des mariés l'une contre l'autre pour les inciter à se conduire intelligemment dans la vie. La fête peut commencer et donne l'occasion à de multiples plaisanteries. Le mari est par exemple obligé de racheter son épouse à la communauté des femmes qui essaient de lui en vendre une autre, souvent vieille, cachée sous un voile…

4

LE MARIAGE JUIF

Autant d'enfants que d'étoiles dans le ciel

Pour les juifs, le mariage est un commandement divin, un lien sacré et un moyen pour chacun de s'accomplir pleinement. Une grande importance est accordée à la virginité. On dit que les mariés sont destinés l'un à l'autre quarante jours avant leur naissance…

Les préparatifs

Le mariage est précédé d'une cérémonie de fiançailles. Ces dernières ont longtemps été considérées comme définitives ; la seule façon de briser cet engagement était un acte de divorce. Aujourd'hui, c'est une occasion de se réjouir qui n'a plus les mêmes implications. Lors des fiançailles, un contrat de mariage - la *kettoubah* – est signé et sera remis à la mariée pendant la cérémonie de mariage. La cérémonie des fiançailles est conclue lorsque les deux belles-mères brisent un plat ou une poterie, indiquant ainsi que « de même qu'un tesson brisé ne peut être réparé, de même il est préférable de procéder au mariage ». La mariée continue de vivre chez son père jusqu'aux noces. De plus en plus fréquemment, en particulier chez les

Adages sur le mariage

- ***Les péchés d'un homme lui sont pardonnés le jour de son mariage.***
- ***Un homme sans épouse n'est pas un être humain complet.***
- ***Le mariage a priorité sur l'étude de la Torah.***

juifs sépharades, les fiançailles précèdent immédiatement la cérémonie de mariage. Auparavant, un an séparait les deux cérémonies, année que l'époux mettait à profit pour préparer la demeure qui accueillerait sa femme.
La future épouse attendait alors le jour du retour de son fiancé, annoncé par les cris des participants à la fête du mariage. Le mariage juif typique commençait dès qu'un invité au mariage voyait les torches du cortège bouger, signalant l'approche du fiancé. L'écho de leurs cris résonnait à travers les rues : « Le fiancé arrive ! »

Tout commence par une séparation : il est en effet d'usage que les fiancés ne se voient pas les trois jours précédant le mariage. La veille, la jeune fille se purifie au *mikvé*, un bain rituel à base d'eau de pluie, puis on célèbre la fête du henné. Ses mains sont teintes de henné rouge. La femme du rabbin en profite pour enseigner à la future épouse les règles que celle-ci devra suivre pendant sa vie de couple : « cachériser » la viande, trier la vaisselle…

Peu d'obligations

Le mariage s'effectue devant un large public mais, pour être valable, il suffit qu'il y ait deux témoins juifs pratiquant la loi juive, masculins, et n'appartenant pas à la famille des mariés.
Aucune autorité religieuse n'étant requise par la loi juive, la présence du rabbin n'est pas nécessaire.
De nos jours, on se marie le plus souvent à la synagogue, mais ce n'est pas une obligation car la cérémonie peut avoir lieu à la maison ou en plein air. Le seul élément indispensable est le dais nuptial sous lequel se placent les mariés.

Généralement, les mariés jeûnent toute la journée de leur mariage. On conduit le marié à son épouse, il lui couvre le visage de son voile. Masque pour sa pudeur, le voile symbolise aussi le fait que le charme physique n'est pas tout et que la beauté de l'âme est fondamentale. C'est encore une marque de protection du mari à l'égard de sa femme. Accompagnés de leurs parents respectifs, les mariés sont ensuite conduits sous la *houppah*, le dais nuptial, où la fiancée se tient à droite de son époux : « La reine est à ta droite, parée d'or d'Ophir » (Ps 45, 10). La *houppah* rappelle la couronne de lauriers que les fiancés portaient autour de la tête à l'époque talmudique. Elle symbolise également la protection divine et la maison que le couple va désormais partager.

Le plus souvent, la cérémonie a lieu à la synagogue ou dans la cour de la synagogue. Le mariage en plein air, sous la voûte céleste, rappelle en effet la promesse faite par Dieu à Abraham d'avoir une descendance aussi nombreuse que les étoiles du ciel. Le fin du fin est de se marier au clair de lune...

La cérémonie

Le rabbin récite tout d'abord la bénédiction sur le vin, symbole de joie, et sur les fiancés. Le couple boit à la même coupe, montrant qu'ils se réservent l'un à l'autre. Devant au moins deux témoins, l'homme place un simple anneau à l'index de la main droite de sa promise : « Tu m'es consacrée par cet anneau, selon les lois de Moïse et d'Israël. » Les mariés sont désormais consacrés l'un à l'autre. Seule la femme portera une alliance. On lit alors le contrat de mariage – en araméen – qui rappelle toutes les obligations de l'époux : à la fin de la lecture, il soulève un mouchoir pour montrer son engagement. Suivent les sept bénédictions et une seconde coupe de vin. Le chant des sept bénédictions sera également récité tous les soirs pendant la semaine qui suit le mariage. Pour conclure la cérémonie, le marié brise un verre sous son pied (au Moyen Âge, on le jetait contre un mur prévu à cet effet), à la fois en souvenir de la destruction du Temple de Jérusalem et pour souligner la fragilité du bonheur humain. Dans certaines traditions, on dit que le bruit fait par le verre en se brisant, comme le son des cloches dans les églises chrétiennes, aurait pour effet d'éloigner les esprits malfaisants.

Dans la tradition ashkénaze, dès la cérémonie achevée, on mène les jeunes mariés jusqu'à une pièce privée où ils s'isolent. Pour profiter, loin des yeux des invités, de leurs premiers moments d'intimité. Ils cassent le jeûne ensemble. Puis l'homme sort et annonce : « Notre mariage est consommé. » Il présente sa nouvelle épouse à toute l'assistance en lui enlevant son voile pour la montrer dans toute sa beauté. Alors les nouveaux mariés rejoignent les invités pour la fête. Il est bon de participer aux réjouissances du mariage par des chants et des danses. Les sages eux-mêmes ont toujours participé aux festivités, venant avec des bougies et des branches de myrte prendre part à la liesse.

L'amour dépasse les frontières religieuses

Ceux qui cherchent à réaliser l'unité au sein de leurs diversités sont chaque année de plus en plus nombreux. En 1998, date du dernier recensement établi par la Conférence des évêques de France, sur 270000 mariages recensés en France (source Insee), 120262 ont été célébrés entre catholiques et 15144 entre un catholique et un non-catholique – dans les deux tiers des cas, un musulman. Un juif sur deux épouserait un conjoint non juif (aux États-Unis, ce serait deux sur trois). 40 % des musulmans se marient hors de leur communauté.

Talmud de Babylone

« Un homme doit aimer sa femme comme lui-même et l'honorer plus que lui-même. »

Les sept bénédictions du mariage juif

1 • Béni sois-tu, Seigneur, Roi du monde, créateur du fruit de la vigne.

2 • Béni sois-tu, Seigneur, Roi du monde, qui as tout créé pour ta gloire.

3 • Béni sois-tu, Seigneur, Roi du monde, qui as formé l'homme.

4 • Béni sois-tu, Seigneur, Roi du monde, qui as créé l'homme à ton image, à l'image ressemblant à ton essence, et lui as destiné un autre être afin de perpétuer le genre humain. Sois loué, Seigneur, qui as formé l'homme.

5 • Réjouis-toi et jubile, femme stérile, en voyant se rassembler en ton sein les enfants dans la joie. Sois loué, toi qui réjouis Sion par les enfants.

6 • Réjouis, oui, réjouis ce couple qui s'aime, comme tu as réjoui ta créature dans le jardin d'Éden, à l'origine du monde. Sois loué, Seigneur, toi qui réjouis le jeune époux et la jeune épouse.

7 • Sois loué, Seigneur, qui as créé l'allégresse et la joie, le jeune époux et la jeune épouse, gaieté, chant, plaisir et réjouissance, fraternité, paix et affection, qu'on puisse bientôt entendre dans les villes de Judée et les rues de Jérusalem la voix de l'allégresse et la voix de la joie, la voix du jeune époux et la voix de la jeune épouse, la voix retentissant de dessous le dais nuptial, et celle des jeunes gens résonnant de leur festin, sois loué, Seigneur, qui réjouis le jeune époux avec sa jeune épouse.

5

LE MARIAGE MUSULMAN

Les mille et une nuits berbères

Dans la société musulmane, le mariage est considéré comme la situation normale de l'homme et de la femme adultes. L'islam encourage le mariage, qui se trouve au cœur du dispositif sacré de la famille. En effet, l'opinion générale est que l'homme et la femme n'atteignent la plénitude de leur personnalité que dans la paternité et la maternité. « Le paradis est aux pieds des mères », rappelle un hadith. Bien que le Coran tolère que le mari ait « deux, trois ou quatre femmes » (Coran, 4, 3), il semble qu'aujourd'hui de plus en plus de musulmans cherchent à restreindre la polygamie à des cas exceptionnels. Un musulman peut épouser une non-musulmane, à condition qu'il s'agisse d'une femme prise parmi les « gens de l'Écriture », c'est-à-dire une juive ou une chrétienne. Pour autant, les enfants sont censés pratiquer la religion du père. Heureusement, la tolérance a fait son chemin…

Le mariage musulman a lieu en général en deux temps. Un contrat est tout d'abord signé entre le mari et le représentant légal de la future femme. Pour la validité du contrat, la jeune femme doit donner son consentement (on a longtemps considéré que son silence suffisait…). Le contrat précise notamment les conditions matérielles. Une fois le contrat signé, les conjoints sont considérés comme mariés. Néanmoins, le mariage n'est considéré comme complet qu'après la nuit de noces et la consommation de l'union.

Une tradition remontant au prophète Mahomet enseigne que « le mariage est la moitié de la religion ».

Une beauté peaufinée...

Convertis à l'islam depuis la fin du XVIIIe siècle, les Berbères n'ont en général qu'une épouse. La cérémonie de mariage berbère ressemble à un voyage dans les mille et une nuits. Quelques jours avant le mariage, la mariée prend un bain rituel. Il marque l'entrée de la jeune femme dans la période liminale, période de transition où elle est exposée aux dangers des forces nuisibles. La future mariée se rend aux bains avec les femmes des deux familles, ses compagnes et même les voisines (au moins une quarantaine de personnes !), toutes recouvertes d'un foulard pour que l'on ne distingue pas la mariée. Elle entre dans une salle d'eau chaude du hammam, après avoir pris soin d'y faire brûler de l'encens pour écarter les mauvais esprits. Deux jeunes filles tiennent une bougie allumée, une autre chante les louanges des prophètes, toutes poussent des « youyous ». Les jeunes femmes chantent le futur bonheur de l'épouse et sa chance d'avoir trouvé un époux.

Le lendemain, les amies intimes de la fiancée se retrouvent à son domicile pour la cérémonie du henné. Elles préparent le repas, chantent et dansent pour la jeune fille. Après les chants de joie du bain rituel de la veille, l'ambiance est à l'émotion, aux souvenirs d'une vie passée qui s'enfuit, les chants se font plus tristes. C'est la dernière soirée avant de partir chez le futur mari.

Un foulard de soie est posé devant la fiancée, où ses amies jettent des pièces. Pendant ce temps, une artiste, la *mezwara*, vient tatouer ses mains, ses pieds et ses bras avec du henné, la « poudre de paradis ». On dessine ici un bracelet, là une bague... Ce tatouage symbolique – les dessins ressemblent à une véritable dentelle – ne durera que quelques semaines (entre quinze et vingt et un jours). Une belle-mère refusera l'entrée de sa maison à sa bru si celle-ci ne porte pas les marques porte-bonheur au henné. Ses cheveux sont enduits d'huile d'olive pour les rendre épais et brillants – élément érotique indispensable. Elle est coiffée par une femme heureuse, n'ayant pas de rivale. Les cheveux

lissés au henné sont ensuite tressés et enserrés dans un anneau d'argent, symbole de pureté. On lui casse un œuf sur la tête, symbole de fécondité.
La veille de la noce, les familles font la fête chacune de leur côté. Des femmes mariées mettent du khôl aux yeux de la fiancée et colorent ses lèvres. Elle revêt la robe traditionnelle, une gandoura blanche – blanche et verte dans les villes –, et porte des bijoux en argent, signe de chance. Au cou, elle revêt un collier d'argent et d'ambre. Les bijoux sont enduits de pâte odorante à l'ambre ou au musc. Dernier détail : le matin de la noce, vers six heures, la mariée se fait épiler intégralement. À huit heures, la fiancée est impeccable, du bout des pieds jusqu'aux sourcils... C'est la première fois que sa beauté est ainsi mise en valeur : une musulmane vierge n'a théoriquement pas le droit de se maquiller, ni de s'épiler.

Les mariés sont considérés comme sacrés, donc susceptibles d'attirer les mauvais génies. C'est pourquoi la mariée est au centre de toutes les attentions pendant la cérémonie. C'est en grande partie aux parfums que reviennent les rôles de purificateurs, de protecteurs mais aussi d'aphrodisiaques. La famille du jeune homme offre à la mariée une corbeille contenant des eaux de fleurs d'oranger et de rose, des huiles de fleurs comme la tubéreuse, le jasmin, des copeaux de santal ainsi que des gommes à mâcher pour purifier l'haleine !
Pendant la cérémonie, la mariée, si elle en a les moyens, change jusqu'à sept fois de tenue. Ses tenues sont vaporisées de fumigations de bois d'aloès, de santal, de benjoin blanc, tout comme l'atmosphère ambiante. Souvent, elle porte sur la tête un voile vert. Pour les Arabes, le vert est la couleur du paradis. Quand la mariée est prête, elle est présentée à son époux.

Avant d'entrer dans sa nouvelle demeure, la jeune mariée en fait trois fois le tour.

Le mauvais œil

La mariée se voit offrir une petite boîte renfermant un miroir. On dit qu'il capture le mauvais œil et fixe tout ce qui s'y reflète. Le jour du mariage, la jeune femme l'ouvre pour capturer l'image de son époux et la referme vite. L'image de leur bonheur y restera gravée et la mariée s'assure ainsi la fidélité de son époux.

Cinq minutes pour la vie

Pendant la cérémonie à la mosquée ou chez les parents du jeune homme – elle dure à peine cinq minutes –, hommes et femmes sont séparés, les hommes à gauche, les femmes à droite. Le représentant de la mariée (le *câdi*), son père, son frère ou son oncle, s'avance. Chez les Berbères, c'est lui qui répondra en son nom à toutes les questions posées par l'imam. En Tunisie, c'est la jeune femme qui donne elle-même son consentement. Pour l'islam, c'est un péché d'imposer un époux... Le père remet sa fille à son futur gendre. L'imam lit les versets du Coran puis donne les alliances devant l'assistance. Dans d'autres pays musulmans, pour l'échange des anneaux, on choisira plutôt un moment fort de la cérémonie ou le passage devant le maire.

Après la cérémonie « officielle », il est interdit d'embrasser les mariés. Ce geste est considéré comme impudique. Les invités leur offrent des œufs, symboles de fertilité. Parfois même, un œuf est cassé pendant la cérémonie à la mosquée pour porter chance au jeune couple. Des banquets somptueux suivent. Dans tous les plats, on a mélangé des amandes, considérées comme aphrodisiaques. Pendant toute la journée, la mariée ne mange rien. Assise sur un trône, elle ne bouge que pour aller changer de tenue. Pendant ce temps, les femmes alternent éloges et critiques sur son apparence et ses parures.

La famille engage une chanteuse (*sheikha*), qui s'y connaît en relations sexuelles. Elle se rend à la noce avec ses musiciens et des danseuses. D'une voix éraillée et lancinante, elle entame une longue mélopée. Entre les couplets, les danseuses effectuent une danse érotique orientale. Le moment venu, c'est au tour de la *sheikha* de danser devant la mariée tout en vantant les plaisirs du mariage... Plus tard, les mariés ouvriront le bal.

Le mariage touareg : sous la tente, le lit de sable d'or

Une fois l'amoureux agréé par sa belle (après des soirées de jeux de mémoire et d'habileté où il doit surpasser les autres jeunes gens) et la compensation matrimoniale réglée (souvent des chameaux et des chèvres), le mariage touareg peut avoir lieu. Il se déroule dans le village ou le campement de la mariée. Il est souvent pris en charge par la communauté. Mieux, il est fréquent de célébrer plusieurs mariages le même jour pour donner plus de faste à la fête... tout en économisant sur les frais ! Le marabout « attache » le mariage devant les témoins des deux familles. Il récite une sourate du Coran pour appeler la bénédiction divine sur les mariés.

Dresser la tente est l'un des rituels constitutifs du mariage. La veille du premier jour des festivités, une tente provisoire est dressée. Elle abrite un lit de sable, couleur d'or. Le lendemain, le montage définitif a lieu : la tente restera dressée sept jours. Un second lit de sable est posé. Les lits sont recouverts de tapis. Dehors, la parade des chameaux est accompagnée de chants et de tambours.

Après le coucher du soleil, un groupe d'hommes mène le marié à la tente nuptiale. Peu après, un cortège de femmes accompagne la mariée. Les mariés s'assoient un moment côte à côte puis chacun rentre chez soi, y compris les mariés qui ne passeront dans la tente leur nuit de noces que le lendemain. Ils y resteront alors pendant cinq jours, recevant un à un tous les jeunes gens et jeunes filles du campement. Le couple ira ensuite s'installer dans le village du mari pour y vivre. La femme apportera sa tente, son mobilier ainsi que les bêtes ou l'argent obtenu par son père pour la marier.

6

LE MARIAGE ALBANAIS

Coups de feu et soumission

Pendant sept jours, la jeune mariée albanaise ne devra voir aucun membre de sa famille, pas même ses parents, pour éviter que quiconque ait la moindre influence sur le déroulement de la cérémonie. La jeune épouse assiste sans les siens à son mariage.

Les rituels d'accueil

Un groupe d'amis du jeune homme vient chercher la mariée, qui, la tête droite, tient les yeux baissés à terre. Ils la conduisent à la maison de son époux. Elle en franchit le seuil avec ses deux *dashmores* (dames d'honneur). Les parents du marié, suivis de ses amis, jettent de l'eau et du gros sel sur le sol. Ils se prémunissent ainsi du mauvais sort, pour le jour de la noce mais aussi pour le futur. La belle-mère dépose alors une pincée de sucre sur la langue de la mariée. À partir de là, sa bru devient une « épouse sucrée » : plus aucune parole désagréable ne franchira ses lèvres. La mariée se rend dans une chambre où elle effectue trois fois le tour de la chaise avant de s'y asseoir. Elle montre ainsi à l'assistance qu'elle est bien à sa place. On lui amène cérémonieusement un petit garçon que l'on dépose sur ses genoux, en signe de promesse de naissance. Les hommes tirent alors des coups de feu pour souhaiter longue vie au couple. Les femmes (de nos jours habillées comme dans les séries *Dallas* et *Dynastie*) restent en retrait.

Le pétrin : rite de naissance

Quand la jeune femme arrive chez son fiancé, la mère de celui-ci expose devant l'entrée de la maison ou sur le seuil un pétrin (cuve de bois dans laquelle on pétrit et fait lever la pâte à pain). La fiancée doit poser le pied droit (ou les deux pieds) sur le pétrin. Cet acte revêt une signification non seulement d'« initiation », mais aussi d'ordre magique : on faisait cela « pour que le blé monte ».

Les yeux baissés

Les rituels de bienvenue effectués, les convives se dirigent vers le lieu de la fête. Hommes et femmes se réunissent. La mariée n'apparaît que lorsque le premier plat est servi. Elle s'approche avec une lenteur extrême. Un homme influent de la famille de son époux s'approche d'elle et soulève son voile. Il tire six coups de fusil en l'air et les femmes entament un chant populaire de mariage, pendant lequel la mariée est présentée aux invités en gardant les yeux baissés. À chaque présentation, les hommes sortent les armes et tirent. Quand le chant cesse, la mariée retourne dans sa chambre où elle attend sa prochaine sortie. Elle sortira ainsi à plusieurs reprises, le chant des femmes étant repris par les hommes. La fête s'achève sans elle. Si le mariage à l'église n'a pas lieu le même jour, elle dormira avec sa belle-mère...

Le lendemain de la noce, après la présentation du drap taché à la belle-mère, la jeune femme reçoit les amis de son mari venus partager le traditionnel café turc de la mariée, pendant plusieurs jours. Elle sert les hommes, du plus vieux au plus jeune, puis les femmes. C'est l'occasion pour chacun d'offrir des cadeaux. Durant cette semaine, en signe d'humilité, la jeune mariée ne devra tourner le dos à personne. Elle sert le café à reculons. Le huitième jour, la mariée revoit enfin sa famille. C'est le Moyen Âge et non le romantisme qui est au rendez-vous...

Superstition : dans les Balkans, la jeune fille cueille à l'aveuglette deux plantes qu'elle noue d'un ruban. Si les plantes sont d'espèces différentes, elle se mariera prochainement.

Le rouge des noces balkaniques

Dans les Balkans, la couleur rouge symbolise la pureté offerte par la jeune fiancée. Le jour de la cérémonie de mariage, tout est rouge, pour « stimuler » la sensualité.

On met un tablier rouge à la mère de la fiancée pour signifier qu'elle a élevé une fille « honnête » et « pure ». De même, les participants à la noce reçoivent un insigne rouge : on fixe un ruban rouge dans les cheveux de la fiancée, sur la casquette du fiancé, et on accroche des rubans ou des fleurs rouges aux vêtements des parents et des proches. On entoure également le pain de noces de rubans rouges et l'on sert de la vodka sucrée de couleur rouge ou du sirop de betterave.

Le thème du « passage », du changement biologique et social, qui constitue l'élément significatif et dominant du mariage, concerne avant tout, voire presque exclusivement, la fiancée. Ainsi, la perte de la virginité est le pivot dramatique de tout le rituel, ce qui explique le rôle central de la couleur rouge. Le matin suivant la nuit de noces, on mettait un drapeau, un foulard ou un morceau de tissu rouge le plus souvent sur un grand mât ou une perche, que l'on accrochait à la maison, au portail ou à un arbre poussant près de la maison.

« Briser » la pureté de la mariée

Autre coutume d'Europe de l'Est : dans le district de Kaluga, en Russie, quand au lendemain de la noce, les jeunes mariés sortent de la chambre, les parents jettent au milieu de la maison et cassent en mille morceaux des pots fabriqués spécialement à cet effet, pour montrer que la mariée était « entière » et qu'elle s'est brisée cette nuit-là…

7

LE MARIAGE HINDOU

Délicat et coloré

L'hindouisme considère le mariage comme sacré. Un dieu hindou a toujours une épouse. Siva n'est jamais représenté seul ; Parvati, sa compagne, est toujours à ses côtés. De ce fait, le mariage traditionnel est le plus important des rites qui régissent la vie d'un individu de sa naissance à sa mort. Il dure souvent plusieurs jours et est célébré avant ou après la mousson, à une date propice selon le calendrier hindou.

Les préparatifs

La veille de la noce, le visage, les mains, les bras et les pieds de la mariée ont été recouverts de safran des Indes. Ses pieds et ses mains sont ornés de dessins avec une pâte au henné. Plus la couleur sera foncée, plus la jeune épouse sera aimée de sa belle-mère... Elle porte à chaque bras une douzaine de bracelets de joncs verts – couleur de la prospérité et de la fertilité. Les familles ont prié pour écarter la pluie et l'orage de la date fatidique. Dans le jardin des parents de la mariée, une grande tente est dressée. Sous la tente, un dais nuptial, qui délimite l'espace sacré, a été installé. Au centre, un petit tas de sable sert d'autel. Des tapis sont posés sur l'herbe, la maison et le jardin décorés de guirlandes de fleurs... Dans certaines régions, les femmes mariées membres de la famille se rendent dans le jardin offrir des fruits et des fleurs à la terre avant de la bêcher. La sœur de la mariée – l'aînée se marie en premier – porte cérémonieusement un peu de cette terre sur l'autel. Ce rite est une façon d'inviter la terre mère sous le dais nuptial pour bénir le couple.

Quelques chiffres et puis s'en vont...

• ***Cinq***

Le chiffre 5 représente le monde que nous percevons par nos cinq sens. C'est le chiffre du mariage en islam.

• ***Sept***

Les sept pas des hindous autour du feu sacré, les sept robes de la mariée musulmane, les sept seaux d'eau jetés au hammam, les sept tours que la mariée juive fait autour de son époux sous la houppah... *Sept est le symbole du cycle parfait ; récurrent dans les cérémonies de mariage, il signifie la plénitude que l'on peut atteindre à deux.*

• ***Neuf***

Il faut avoir neuf querelles avant son mariage avec l'être aimé pour que l'union soit heureuse.

En début de soirée, le frère de la mariée se rend dans la famille du jeune homme pour inviter le futur marié et sa famille. Il porte un plateau sur lequel sont posés une lettre d'invitation et quelques objets religieux. Pendant ce temps, plusieurs femmes s'activent à coiffer le futur marié d'un très long turban. En présence du prêtre de la famille, il se tourne ensuite vers son père et son grand-père pour leur demander cérémonieusement l'autorisation de se marier.

Chez la jeune femme, le temps s'accélère. La mariée attend dans le salon, vêtue d'une robe entièrement brodée de fils d'argent, si lourde que la jeune femme a peine à se déplacer. Le fiancé et sa suite sont annoncés... L'accueil a lieu à l'extérieur de la maison, mais la mariée n'a pas le droit de sortir. Par la fenêtre, elle cherche à apercevoir le visage de son fiancé. Si elle y parvient, cela lui portera bonheur. Le fiancé se dirige ensuite vers le lieu de la réception, et la jeune fille le rejoint très lentement, les yeux baissés. Les futurs époux échangent des guirlandes de fleurs et s'assoient l'un à côté de l'autre sur une estrade. Le père du fiancé, puis tous les hommes de sa suite, marquent le front de la mariée d'une poudre rouge, signe de l'engagement du fiancé, et bénissent la mariée en traçant au-dessus de sa tête un cercle avec un billet de banque. Les billets seront déposés dans un sac offert aux pauvres. Chaque invité vient ensuite bénir la mariée et offrir un cadeau. Le buffet est ouvert et dure jusqu'à minuit, heure à laquelle chacun rentre chez soi. La cérémonie religieuse est prévue pour le lendemain.

La cérémonie

Le fiancé s'assied sous le dais, sur un coussin de soie rose, à même le sol. Les prêtres et les deux familles l'entourent. Le prêtre de la famille de la jeune fille ouvre la cérémonie. Il noue les vêtements des parents de la mariée. Le père prend la parole et demande au fiancé si celui-ci accepte sa fille. Si la réponse est favorable, on envoie chercher la jeune mariée. Elle s'assied à la droite de son fiancé, tant qu'elle n'est pas officiellement son épouse. Les futurs époux joignent leurs mains. Un feu est allumé sur l'autel, à partir d'un fagot de plantes propices comme la canne à sucre ou le pipal. Ce feu symbolise Dieu et le soleil et manifeste que les époux s'engagent devant leurs familles, devant le ciel et la terre, devant leurs ancêtres et devant Dieu. Les futurs époux rendent successivement hommage à leurs parents en leur baignant les pieds de façon rituelle (dans un mélange de yaourt, lait, miel, safran, santal et pétales de fleurs). Ils les remercient du fond du cœur pour tout ce qu'ils leur ont donné. Devant le feu, la jeune fille est « offerte » par ses parents à son futur mari.

Devant les époux, à l'est, on pose une cruche pleine d'eau du Gange, à l'ouest, une fleur sur une pierre : le mari s'engage à assurer le confort de sa femme (symbolisé par la fleur) et la femme à se tenir derrière son mari comme un rocher (symbolisé par la pierre). Le sari de la fiancée et le châle du fiancé sont noués, signifiant qu'ils n'auront plus qu'une seule vie. L'eau de la cruche est versée sur leurs têtes. Ils tournent sept fois dans le sens des aiguilles d'une montre, chacun à leur tour, autour du feu, signifiant leur engagement, puis échangent leur place : ils sont désormais mari et femme ; la femme prendra toujours place à la gauche de son époux. Le mari récite un mantra : « Je suis les mots, tu es la mélodie, je suis la mélodie, tu es les mots. » Puis il lui pose le pied droit sur une pierre, symbole de la stabilité conjugale, et elle reçoit les insignes de la femme mariée, de la poudre rouge sur la raie des cheveux et des bagues d'argent aux orteils. Les parents du marié nouent à leur tour leur vêtement. L'assemblée, en commençant par les plus âgés, leur jette du riz. Les nouveaux mariés vont au temple assister à leur première cérémonie en tant que couple, accompagnés de femmes en saris chatoyants et aux voiles colorés pour attirer la bénédiction divine sur les époux. À la sortie, ils reçoivent les bénédictions et les cadeaux de tous leurs invités. Cela peut durer des heures quand tout le village est invité... Enfin, les époux vont rendre grâce aux dieux devant l'autel qui a été installé dans la maison. Le père de la mariée, assis sur un tabouret, reçoit un à un les membres de sa belle-famille et fait à chacun un cadeau : un châle, un drap de lit, un sari... La fête continue, au son des tambours, des flûtes, des cymbales et des chants populaires.

Les sept tours

Le premier tour symbolise le désir que le couple ait toujours de quoi se nourrir, le second que les époux soient habités par une même force spirituelle, le troisième et le quatrième qu'ils connaissent la santé et la félicité, le cinquième que leur union soit fertile, le sixième qu'ils soient prospères et, enfin, le dernier qu'ils ne perdent pas la dévotion.

Annabelle et Rajesh

Annabelle garde un souvenir mitigé de son mariage. Elle regrette aujourd'hui de ne s'être pas mieux renseignée sur les coutumes de sa belle-famille.

Elle rencontre Rajesh à Hong-Kong. Lui est indien, prédestiné à un mariage avec une jeune fille de sa culture et de son univers. Elle, française, est curieuse et globe-trotteuse. Ils s'aiment et décident de partager leur vie.

Les parents de Rajesh s'opposant à ce mariage, ils le célèbrent, sans eux, à la mairie de Hong-Kong. Quelques mois plus tard, à force de charme et de palabres, Annabelle est enfin invitée à toucher les pieds de ses beaux-parents en signe de dévouement et la date d'un mariage hindouiste, à Bombay, est fixée.

Les préparatifs durent six jours pendant lesquels chaque famille célèbre la noce, chacun chez soi, chacun pour soi. Les Indiens, « armés » de cuisinières et de nombreux cousins, s'en donnent à cœur joie dans leur appartement. Les Français – Annabelle, ses parents et son frère – résident à l'hôtel, à l'écart. Un soir seulement, les hommes français sont invités à se joindre aux agapes. Les fiancés ne se revoient que le soir des fiançailles.

Pour l'occasion, Annabelle reçoit une tenue traditionnelle turquoise et or, offerte par sa belle-mère : elle est deux fois trop grande pour elle. Il est trop tard pour les retouches, mais c'est un détail. À l'hôtel, le panjïb *(l'officiant) entonne des prières. Il trempe les alliances dans du lait puis renouvelle ses prières. Tous les invités saluent les mariés et se rendent à table pour sceller les fiançailles.*

Séparée à nouveau de Rajesh, Annabelle découvre les étapes de la préparation de la mariée. Deux femmes viennent lui peindre les mains et les pieds au henné. Les cousines et les cousins du marié sont présents. Ils se font apporter des plats et des boissons, lui glissent quelques denrées dans la bouche pendant les cinq heures que dure le rituel. Elle ne doit plus se laver les pieds et les mains jusqu'au mariage.

Le lendemain, une nouvelle tenue lui est apportée : rouge et or, chatoyante et cette fois... trop petite. Inconfortable et comprimée dans son vêtement, elle enfile les bijoux traditionnels : dix-huit bracelets d'ivoire beige et rouge et huit bracelets d'or. Des bagues, à chaque doigt, sont reliées par des chaînes. Elle porte un collier sur le front et des boucles d'oreilles. Enfin, on lui peint de petits points rouges autour des sourcils.

Le soir venu, la famille indienne se rassemble chez le fiancé. Sa sœur lui peint un trait de khôl sous les yeux. Rajesh enfile des couronnes de billets de banque qui seront distribués aux musiciens et aux mendiants après la cérémonie.

Tout le monde rit et danse en formant le cortège pour se rendre à l'hôtel d'Annabelle. Le marié, habillé de blanc et d'or, est à cheval. Ces cortèges provoquant trop d'embouteillages et de tapage dans la ville, on préfère maintenant venir à cheval plutôt qu'en éléphant ! Il y a des musiciens, des porteurs de lumière, des artificiers.

Les Français les accueillent devant l'hôtel. Chacun se salue et prend place dans une grande salle où un buffet est dressé. Deux sièges dorés à rideaux rouges sont ornés de guirlandes.

Annabelle et Rajesh s'installent. Ils sont pris en photo avec tous les invités, reçoivent des cadeaux et remercient les anciens en leur touchant les pieds. Puis on dîne, la cérémonie aura lieu après minuit.

À la fin du dîner, de nombreux invités prennent congé. Les plus courageux assistent au mariage proprement dit. Assis par terre sur une estrade, le panjīb *leur fait face. Il annonce les étapes de la cérémonie en sanscrit, le père de Rajesh les répète en anglais et le frère d'Annabelle en français. On allume un feu dans un seau. Les mariés sont liés par les mains et contournent le feu sept fois. Ils se passent mutuellement une couronne de fleurs autour du cou. Rajesh offre et attache à Annabelle un collier symbolique de son nouvel état de femme mariée.*

Les mariés quittent alors l'estrade sur un chemin jonché de pétales de roses et s'engouffrent dans une Mercedes recouverte de fleurs, en direction de l'appartement de la famille indienne. Avant d'y pénétrer, Rajesh présente une noix de coco à Annabelle qu'elle brise d'un coup de talon, en signe de bonheur. Elle pénètre symboliquement dans sa nouvelle « demeure », puis ils font demi-tour et retournent à l'hôtel. La chambre nuptiale est tapissée de fleurs de jasmin. Ils enfilent leurs jeans et improvisent une petite fête occidentale avec leurs amis venus de loin. Le lendemain, ils se rendent chez les beaux-parents pour un ultime partage du riz qui marque le début de leur nouvelle vie.

Annabelle s'est sentie noyée par ces coutumes qui n'avaient pas de sens pour elle. Alors qu'elle avait envie d'être dorlotée, elle s'est sentie exclue. Il lui manquait probablement une famille nombreuse et un héritage culturel indien pour apprécier le romantisme de la situation... Elle reconnaît en revanche que ces obstacles et ces différences ont donné plus de force à leur union. Les difficultés les ont rendus tous deux plus proches.

8

LE MARIAGE AU JAPON

Shintoïste et romantique

Le Japon déploie tous ses fastes dans les cérémonies de mariage. Dans ce pays, l'un des plus industrialisés du monde, la cérémonie de mariage, surtout dans les campagnes, est l'occasion de faire un véritable bond dans le passé lointain. C'est notamment un jour où l'on peut porter des kimonos, délaissés dans la vie quotidienne. La coutume voulait que le marié fournisse la maison ou l'appartement et que la mariée apporte le mobilier.

Le mariage suivant le rite shintoïste est la forme traditionnelle du Japon impérial. Certains sanctuaires ont meilleure réputation que d'autres en ce qui concerne l'avenir conjugal du couple. Le plus favorable, après celui du temple d'Isé, est celui d'Atsuta à Nagoya, où cyprès géants et camphriers dominent les lieux. La date du mariage est fixée après consultation du calendrier chinois : il ne pourra être célébré qu'un jour faste.

La cérémonie

Le vêtement traditionnel de la mariée est un kimono rouge très sophistiqué recouvrant un kimono blanc. Ces deux couleurs représentent la pureté et la fidélité. Lorsque les fiancés entrent dans le temple, l'assemblée tape dans ses mains et l'on sonne la cloche avant de s'agenouiller et de prier la divinité du lieu. Pendant toute la cérémonie, les mariés vont rester silencieux : au Japon, silence vaut beauté et engagement.

Dès leur arrivée, les mariés sont purifiés par le prêtre. Vient ensuite le moment le plus attendu de la cérémonie – le *sansankudo*,

littéralement la « voie du Trois, Trois, Neuf fois ». Les époux boivent chacun trois gorgées de saké froid dans trois tasses en laque, trois étant un nombre porte-bonheur et neuf le plus propice de tous les nombres. Cette coutume marque la fin de la cérémonie où seule la famille proche est présente. À la sortie, chacun peut laisser une prière marquée sur un ruban de papier blanc et l'accroche à un arbre centenaire près de l'entrée avant de rejoindre les autres invités de la noce – famille, amis mais aussi collègues et supérieur hiérarchique – pour le banquet.
Romantisme oblige, de plus en plus de jeunes couples choisissent de se marier à l'église. Devant témoins, les époux se promettent fidélité et assistance avant d'être bénis par un prêtre. Tout sentiment religieux est absent de la cérémonie. C'est plutôt l'occasion de revêtir la mythique robe blanche et son voile en tulle. On parle de mariage romantique. *Nec plus ultra,* certains vont même se marier en France.

La fête

La réception a lieu en général dans un établissement consacré uniquement aux mariages et dans lequel voisinent une chapelle pour les adeptes du mariage chrétien et un sanctuaire pour les adeptes du mariage shintoïste. Les coûts de la réception étant exorbitants, chaque convive y va de son obole – la coutume veut que l'on n'offre pas de cadeaux matériels mais une participation conséquente, en liquide, aux frais de la cérémonie, entre 300 et 1 000 euros. Les invités font leurs dons à l'intérieur d'élégantes et discrètes enveloppes blanches qu'ils remettent en signant un registre de vœux à l'entrée de la salle. En contrepartie de leur générosité, à la fin du repas – rondement mené : en trois heures tout est fini –, chaque invité repartira avec des cadeaux. Certains sont destinés à être consommés, comme des gâteaux, d'autres sont des souvenirs de ce jour de bonheur (vase, tasses en faïence, plateaux laqués…).

La somme d'argent offerte en cadeau de mariage ne doit pas être divisible par deux (signe de séparation) et les billets doivent être neufs.

Les jeunes mariés sont assis côte à côte à une table posée sur une estrade derrière laquelle est déployé un paravent doré, signe d'opulence. La mariée est à gauche de son époux et le couple est entouré des intermédiaires du mariage. Tout au long de la réception, la mariée changera souvent de tenues, alternant kimonos et robes occidentales – la robe de Scarlett O'Hara est très prisée ! Flashs et caméscopes immortalisent chaque moment d'émotion. Pendant le repas, tous les mots évoquant la séparation (couper, séparer, éloigner…) sont proscrits. Le repas et le nombre de convives dépendent des relations et de la fortune des familles. Signalons l'importance accordée au riz : il rendrait possible la renaissance.

La sophistication du chignon japonais

La jeune mariée se fait coiffer à la maison ou chez le coiffeur. Mais les coiffures traditionnelles, extrêmement sophistiquées, sont en perte de vitesse. Pour celles qui rêvent d'une coiffure à l'ancienne, le recours à la perruque – la *katsura* – est possible mais elle pèse tout de même 600 grammes !

Pour celles qui préfèrent une beauté plus naturelle, les cheveux, enduits de brillantine pour faire durer la coiffure, sont remontés en chignon et retenus par des peignes, ornés de fleurs artificielles en pétales de soie. Ces derniers varient selon le mois de l'année. Dans la mythologie japonaise, le peigne est un moyen de communication avec les puissances surnaturelles. Les dents du peigne figureraient les rayons de la lumière céleste pénétrant l'être.

Un chapeau protège la coiffure, sertie de nœuds, épingles de jade et aigrettes d'ivoire. Seules les geishas prennent encore le temps de faire de leur chevelure une parure. Les jeunes Japonaises d'aujourd'hui préfèrent le folklore de la robe blanche : un must !

9

LE MARIAGE TAOÏSTE

Astres et contrats

Le mariage taoïste, tel qu'il est pratiqué en Chine, est très codifié. Des rites traditionnels en marquent les plus grandes étapes. Rien n'est laissé au hasard pour la « grande affaire de la vie »...

Le premier rite officiel est celui du choix de la mariée. Il y a encore peu, le « choix » se faisait surtout sur ordre des parents ou sur les conseils d'une entremetteuse... La famille du jeune homme amorce les négociations pour obtenir un premier consentement de principe. À cette occasion, un petit cadeau est offert. Ce fut longtemps une oie sauvage, symbole du mariage et de la fidélité... Si la famille de la jeune fille en est d'accord, un premier contrat d'engagement est conclu. Dès lors, la famille du jeune homme demande les noms de la jeune fille, les chiffres de sa date de naissance ainsi que les principales références de son clan afin de vérifier si les astres sont favorables à cette union. Si les thèmes astraux sont compatibles, les deux familles échangent alors des cadeaux de fiançailles. La future mariée reçoit des bijoux, des bagues et des boucles d'oreilles en or qui expriment l'engagement et la déférence. Un contrat de cadeaux est même signé, certifiant que les dons sont définitifs...

Le grand jour arrive. La jeune fille va faire son entrée publique dans la maison de son mari. Dans la Chine impériale, elle devait, pendant les trois jours des festivités, ne regarder personne en face.

La fleur de lotus, porte-bonheur des mariés

La sensuelle fleur de lotus, ses graines et ses racines, peuple le monde des mariages chinois. Le mot « lotus » est le même en chinois que le mot « année » et que le mot « enfant ». C'est un double symbole de continuité et de prospérité, un gage de la perpétuation des naissances et des renaissances. Le goût sucré du lotus laisse aussi présager de bonnes relations entre l'épouse et sa nouvelle famille. C'est aussi un gage de félicité conjugale : deux fleurs poussent sur la même tige.

Le départ de la fiancée

La promise, vêtue et coiffée, prend un repas d'adieu avec sa famille. Le fiancé, suivi d'un cortège de musiciens, frappe à la porte. Prosterné devant son beau-père, il lui remet le troisième et dernier contrat, le contrat d'accueil. Le père donne à sa fille des conseils sur le respect qu'elle doit à sa future famille tandis que la mère lui recommande les attitudes convenables. Le gendre reçoit un costume, une ceinture, une paire de chaussettes et un portefeuille avec un peu d'argent à l'intérieur.

Devant le seuil de la maison, un palanquin rouge (aujourd'hui remplacé par une voiture…) attend les jeunes mariés. Un miroir ou une lanterne y est attaché pour éloigner les mauvais esprits. Des ballons rouges, couleur du bonheur et du mariage, s'envolent vers le ciel. Parfois des ballons blancs, symboles de la gaieté, y sont associés. La jeune fille verse quelques larmes pour témoigner de son attachement à ses parents. Le cortège se rend en musique jusqu'à la demeure du marié.

Lorsque la fiancée quitte la demeure de ses parents, sa famille jette de l'eau sur le sol à l'entrée de la maison. L'eau qui coule rompt les derniers liens qui unissaient la jeune fille à ses ancêtres.

L'accueil de la mariée

La jeune fille revêt son voile et descend du palanquin, un parapluie rouge tenu au-dessus de sa tête, pour ne pas heurter le ciel. Du riz et des haricots rouges sont jetés par l'assistance sur son parapluie. Elle ne doit pas non plus toucher terre.
Son mari la porte jusqu'à la maison, en marchant sur un tapis de bambou pour ne pas offenser la terre. Il la conduit à la chambre nuptiale, suivi de sa famille et de ses amis. L'assemblée dit quelques prières. L'homme ôte ensuite le voile de la femme. Les époux se font face, au milieu du lit. La famille leur lance à pleines mains des graines de lotus et des cacahuètes. Le marié offre ensuite à son épouse une mèche de cheveux qu'elle attache à ses propres cheveux.
Vient ensuite le rituel de la coupe des mariés. Ils boivent dans une sorte de courge qu'ils échangent pour symboliser leur nouvelle unité. Le marié sort de la pièce pour recevoir les félicitations tandis que la mariée reste assise sur le lit à baldaquin. Les amis chahutent ensuite un long moment les mariés (plus ceux-ci montreront de patience, plus leur vie sera tranquille) avant de leur laisser la fin de la nuit.
Le lendemain, les jeunes mariés déjeunent chez les parents de la mariée qui offrent au couple du sucre de canne (pour la réussite sociale) ainsi que de la ciboulette et de la salade (pour les succès rapides).

L'harmonie du yin et du yang

De même que l'équilibre dépend du fonctionnement harmonieux du yin et du yang, mari et femme doivent préserver leurs rôles respectifs sans empiéter l'un sur l'autre. En tant que yang, l'homme joue le rôle du ciel; il détient l'initiative de la vie. La femme joue le rôle de la terre qui continue l'œuvre du ciel en nourrissant les siens.

Le poisson : symbole de vie et de fécondité

En raison de sa prodigieuse faculté de reproduction et du nombre infini de ses œufs, le poisson est un symbole utilisé dans certaines traditions de mariage. Dans l'imagerie extrême-orientale, les poissons vont par couple et sont symboles d'union.

L'islam y associe également une idée de fertilité. De même, au Maroc, les juifs sépharades servent du poisson aux repas nuptiaux, symbole de fertilité. À Salonique, le marié achetait un poisson vivant et le mettait dans une coupe en cuivre. Le huitième jour suivant le mariage, la mariée devait sauter trois fois au-dessus de celui-ci pendant que les invités lui souhaitaient d'être aussi féconde que le poisson.

Le couple Phénix et Dragon

Phénix et Dragon sont les rois du mariage chinois. Les deux créatures réunies, l'une représentant l'homme et l'autre la femme, forment un couple surnaturel qui combine beauté et puissance. L'image de leur ballet aérien évoque une union parfaite, une vie commune harmonieuse, promesse de bonheur et de longévité.

10

LE MARIAGE TIBÉTAIN

Sous le regard de Bouddha et de la montagne

Quand une jeune fille est disponible pour le mariage, elle commence par porter un tablier coloré. À partir de là, elle fréquentera les rassemblements publics où, au clair de lune, jeunes gens et jeunes filles se retrouvent pour chanter et prier. Nul doute que l'âme sœur n'est pas loin...

Le jeune fiancé, dans les jours précédant la noce, aura pris soin d'offrir une femelle yack à sa belle-mère, en contrepartie de la perte de sa fille : on parle du « prix du lait ». La veille du mariage, l'oncle ou un membre influent de la famille de la mariée vient chercher la jeune fille sur un cheval blanc. Ils partagent alors du pain grillé. Il présente une écharpe blanche cérémonielle (un *kata*) aux parents, en signe de respect, et bénit le jeune couple.

Le jour J, un grand tapis blanc porte-bonheur est étalé devant la maison du jeune homme pour accueillir les invités. Quand la mariée arrive vêtue de blanc sur le cheval de son oncle, elle descend sur le tapis où l'on dessine autour d'elle un emblème de protection avec des grains d'orge. Une écharpe blanche lui est remise. La cérémonie officielle peut commencer. Le couple s'agenouille devant l'oncle de la mariée. Derrière lui une représentation de Bouddha. Les moines chantent et les mariés sont bénis.

La mariée sert alors une tasse de thé au lait à ses beaux-parents et salue le ciel, la terre et le Bouddha. En échange, elle reçoit une tasse de yaourt dans lequel elle trempe l'annulaire. Elle en

jette quelques gouttes vers le ciel en invoquant la protection de Bouddha et des divinités. C'est l'offrande du « yaourt du serment ».
Autre coutume de mariage bouddhiste, celle du fil reliant vingt-deux perles. La première représente le Bouddha, quatre autres symbolisent les deux familles et les dix-sept autres représentent le couple. Les perles symbolisent l'union des familles et du couple avec le Bouddha. S'ensuit un repas de fête où chaque invité vient offrir une écharpe blanche aux mariés. Les époux finissent littéralement engloutis sous une avalanche d'écharpes de soie…

Valoris et Éric

« Un tour du monde est un excellent moyen de connaître l'autre. » Portés par leur désir – et leur plaisir – de tout partager, Valoris et Éric voulaient se marier au cours d'un voyage. Ils auraient souhaité le Tibet, mais les contraintes administratives les ont finalement poussés vers le Népal, à Katmandou. Ils se sont installés dans une auberge et ont informé son propriétaire qu'ils souhaitaient se marier chez lui. Ils ont bien fait : l'aubergiste a pris la demande au sérieux et c'est grâce à sa détermination que tout a pris forme.
Au temple aux Singes, l'aubergiste convainc un lama tibétain de marier Valoris et Éric. Après avoir consulté ses livres, celui-ci a fixé l'heure de l'union à sept heures du matin. Réveil à cinq heures et demie dans le petit hôtel, pas de tatu pani *(eau chaude) dans la salle de bain : ils ont attendu que l'eau chauffe dans les casseroles et ont pris une douche avec un seau. Ils ont revêtu leurs habits de mariage, achetés en Inde. La tradition veut que les habits soient neufs.*
Pour lui : un tee-shirt acheté à Varanasi, un pantalon bordeaux en toile légère trouvé à Calcutta et un gilet assorti sans manches, brodé main par un tailleur de Puri. Pour elle : un ensemble bleu, robe et pantalon traditionnels indiens,

acheté à Cochin. Ils sont partis le ventre vide, dans la voiture du propriétaire de l'hôtel, en direction de la maison des parents de l'hôtelier. En effet, le mariage bouddhiste n'a pas lieu au temple, mais dans un endroit que l'on choisit. Petit arrêt en route pour trouver une caméra vidéo dont personne ne saura finalement se servir.

Chez les parents, un lama et trois moines avaient déjà installé des statues de beurre un peu partout dans la pièce. Ce sont des représentations roses, rouges et vertes de Bouddha, confectionnées par les lamas, et qui sont allumées lors des cérémonies religieuses. Une table recouverte d'un élégant tissu faisait office d'autel. On y trouvait une clochette, une divinité, un tambour et une trompette tibétaine. Valoris et Éric ont pris place sur des coussins par terre.

La cérémonie a débuté : mantras (prières récitées par le lama), thé au lait, mantras, thé au beurre de yack, mantras, petits gâteaux, mantras, alcool ayant la consistance de l'huile de foie de morue, le goût d'un whisky de soixante-dix ans d'âge et donc… ses effets. Au moment de la bénédiction, on leur versa du beurre sur la tête pour signifier leur appartenance à la famille bouddhiste. Enfin, réception des katas, *que tous s'échangent, et de quelques guirlandes de Noël. Parce que ça brille et pour la photo…*

Le lama a emporté ensuite le reste des statues de beurre afin qu'elles finissent de se consumer au temple au pied de Bouddha, puis ils ont mangé… pour de vrai. En tout, la cérémonie a duré quatre heures. Ils n'ont pas tout suivi, ne parlant pas un mot de tibétain, mais ils en ont senti la ferveur et l'importance.

Ils se sont ensuite promenés dans les rues de la ville, comme il se doit, en habits de mariés, leurs katas *autour du cou. Ils ont tourné des moulins à prières installés sur les placettes afin que, de leur union, naissent des bébés (et cela a*

marché !). Tous les voisins et amis de la famille de l'aubergiste sont venus durant la cérémonie. Ils ont regardé, écouté, souri puis sont partis, comme ils étaient arrivés.
Les mariés ne voulaient pas d'alliances. Ils ont attendu d'arriver en Polynésie quatre mois plus tard pour se faire tatouer le même dessin : la terre, la mer, deux dauphins, le soleil et la lune.

11

LE MARIAGE DES INDIENS D'AMÉRIQUE

Pudeur et patience

Le choix de la mariée étant fixé, les parents du fiancé envoient des présents dans sa cabane. Ce peuvent être des colliers de porcelaine, quelques couvertures de fourrure ou des meubles d'usage courant. Les parents de la jeune fille n'ont aucune dot à apporter, ils doivent simplement agréer l'époux qui se propose. Dès que les présents sont acceptés, le mariage est censé conclu. Il ne reste plus qu'à faire les présentations...

Chez les Iroquois, où la femme est maîtresse, l'épouse ne doit pas quitter sa tente. Aussi l'époux s'y rend-il au début de la nuit, accompagné de toute sa famille. On le fait asseoir sur une natte, près du feu. Sans un mot, son épouse lui sert une bouillie de blé et lui tourne à demi le dos, enveloppée dans une couverture, par pudeur et par modestie. En apportant le plat nuptial, la mariée reconnaît son obligation de faire des provisions pour son mari et de lui préparer à manger. Par cette nourriture commune, ils font alliance. L'époux se restaure puis... se retire : la cérémonie est achevée !

Il est de coutume de passer la première année après le mariage sans le consommer. Ne pas respecter ce délai serait faire injure à l'épouse qui pourrait penser que l'on a recherché son alliance moins par estime pour elle que pour sa sensualité. Chacun reste dans la cabane de sa mère en attendant. L'époux peut néanmoins rejoindre sa femme pour la nuit – jamais le jour –, mais le mariage ne doit pas être consommé ; c'est la raison pour laquelle le feu est entretenu : pour que les parents puissent surveiller les mariés pendant la nuit. La coutume veut également que l'époux ne parle pas à ses beaux-parents avant la naissance du premier enfant.

La mariée est obligée de secourir ceux de la cabane de son époux quand il est absent, en voyage ou en guerre. Elle doit les aider à travailler leurs champs et à entretenir le feu, et doit donc leur porter du bois : le bois de mariage. Elle commence à le faire dès que la date du mariage est arrêtée. Avec les femmes de sa cabane et aidée d'une grande partie de celles du village, elle apporte des petites bûches, censées entretenir le feu, dans la cabane de son époux, qui représenteront l'âme du feu…

Prière indienne de cérémonie

Désormais, vous ne sentirez plus la pluie
Car vous serez le refuge l'un de l'autre.

Désormais, vous ne sentirez plus le froid,
Car vous serez la chaleur l'un de l'autre.

Désormais, vous ne sentirez plus la solitude.

Désormais vous êtes deux,
Mais une seule vie s'offre à vous.

Marchez vers le rivage pour entrer
Dans le sillon de votre vie ensemble.

Que ses jours vous soient bons
Et longs sur la terre.

Rachel et Dominique

Ils ont eu envie de se « marier » très vite après leur rencontre. Mais ils voulaient affirmer publiquement leur amour l'un pour l'autre, sans se soumettre aux lois et aux obligations administratives liées au mariage. Ils percevaient cette cérémonie comme un contrat d'amour qui ne reposait que sur leur envie d'être l'un avec l'autre.

Ensemble, ils aiment marcher et font beaucoup de randonnée. Ils aiment les forêts et les grands espaces naturels. En recherchant sur Internet les différentes traditions de mariage non religieuses, ils ont été séduits par le mariage cherokee. Parce qu'il est à la fois simple à organiser et chargé de sens. Simple parce que la nature en est le sanctuaire et qu'elle est riche de symboles et de recueillement.

Ils sont partis, accompagnés de leurs amis, à l'ascension de la montagne du Luberon. Une marche de cinq kilomètres permettant à chacun de participer quel que soit son entraînement. Arrivés à destination et avec précaution, tous ont formé un cercle avec des pierres trouvées sur le sol et ont allumé un feu au centre. Rachel portait une longue tunique blanche et Dominique un pantalon et une tunique beiges. Les fiancés se sont mutuellement couvert les épaules d'une couverture bleue. Elle symbolisait leur ancien mode de vie, leurs faiblesses, leurs déceptions et leurs échecs passés. Ils se sont approchés du feu sacré, suivis de leurs parents et amis. Joël, le frère de Dominique, officiait : « Rachel et Dominique, vous avez choisi le plateau de Sivergue pour remercier la nature de sa force et de sa beauté, et pour vous offrir l'un à l'autre en sa présence. En choisissant de vivre ensemble, vous vous engagez à partager votre avenir en honorant chaque jour le moment présent. Approchez-vous l'un de l'autre pour échanger les paniers que vous avez préparés l'un pour l'autre. » Dominique tend alors un panier à Rachel.

Ensemble, ils se tournent vers l'est, la direction du renouveau. « Rachel, devant ceux que nous aimons réunis autour de nous, je t'offre une bougie, symbole de la lumière qui t'anime et sur laquelle je m'engage à veiller. Je t'offre des fruits pour nourrir ton corps avec douceur, de l'essence de lavande pour nourrir tes sens. Je t'offre cette clochette pour m'appeler lorsque tu as besoin de moi ou lorsque je m'égare et ce cahier vierge pour écrire notre vie ensemble. »
Rachel lui tend son panier à son tour : « Dominique, dans ce panier, je t'offre du pain que je t'ai fabriqué car je n'ai pas peur de travailler pour notre bonheur, je t'offre des crayons pour colorer nos jours ensemble, je t'offre une pierre de la nature pour te prouver la solidité de mon amour et des graines de fleurs pour laisser croître toutes les promesses de notre couple. »
Leurs parents s'approchent alors des mariés. Les pères enlèvent les couvertures de leurs épaules tandis que les mères les remplacent par un grand drap blanc qui les réunit. Joël explique que ce drap représente les nouvelles voies du bonheur, de l'épanouissement et de la paix. Il invite chacun, à tour de rôle, à souhaiter quelque chose aux mariés : du calme, des expériences, des voyages, de l'extase, des enfants, etc. Chacun parle à son tour. Pendant ce temps, un de leurs amis frappe légèrement sur son tambour pour entraîner leur nouvelle vie sur la voie de l'énergie.
Dominique et Rachel échangent alors des alliances, qu'ils ont décidé de porter au petit doigt pour manifester un engagement libre de connotations sociales. Joël leur tend une coupe comprenant un mélange de nectars de fruits. Ils en boivent chacun une gorgée en se promettant de consommer le mariage. Puis la coupe circule pour partager leur bonheur physique et spirituel avec ceux qui les entourent. Ils se sont embrassés plus tard, à l'abri des regards, car malgré la franchise de leur amour, ils restent l'un et l'autre très pudiques…

12

Le mariage lapon

Rennes et eau-de-vie

En Laponie, lorsqu'un jeune homme a élu une jeune fille pour épouse, il doit se rendre avec quantité d'eau-de-vie chez son beau-père. On ne conclut pas de mariage autrement qu'après avoir partagé plusieurs bouteilles de ce que les Lapons appellent le « vin des amants ». Plus l'homme est amoureux, plus il apporte de quoi étancher la soif de son beau-père. Ce dernier fait parfois durer le plaisir un an ou deux avant d'accorder la main de sa fille... La quantité de rennes que le père a offerts à sa fille à sa naissance puis à sa première dent n'est parfois pas étrangère à l'intérêt du fiancé !

À l'époque où les Lapons étaient païens, la cérémonie se limitait à un rite : on allumait un feu à partir d'un caillou. Cela symbolisait pour eux le mariage car, de même que la pierre renferme une source de feu lorsqu'on l'approche du fer, de même chaque sexe renferme un principe de vie caché qui ne se révèle que lorsqu'ils sont unis. La virginité n'est pas particulièrement recherchée. Au contraire, une jeune femme qui a déjà accordé ses faveurs à des étrangers est très prisée...

Quand le mariage est consommé, après bien d'autres litres d'eau-de-vie, le mari demeure un an chez son beau-père avant d'établir sa famille, et ses rennes, où il le souhaite. Les Lapons boivent rarement d'alcool et ne se laissent aller à la boisson qu'en de très rares occasions. Le mariage en est manifestement une !

Fais-moi du café !

Dans le nord de la Scandinavie, les Lapons ont un rituel insolite de demande en mariage… Les Lapons étant un peuple nomade, ils se réunissent la semaine de Pâques et choisissent en général cette période pour célébrer tous les mariages. Pas question de perdre du temps pour faire la demande officielle – dans les trois semaines qui précèdent la fête pascale – car alors il faudra attendre la célébration de Pâques de l'année suivante… Le fiancé arrive, accompagné d'un homme de sa famille, avec rennes et traîneaux chez les parents de son élue. Il fait trois fois le tour de sa tente. Si la jeune fille sort et défait l'attelage des rennes, c'est de bon augure pour l'amoureux.

Invité alors dans la tente, le fiancé introduit sa demande en mariage par une phrase rituelle : « Y a-t-il de quoi faire un café ? » Si la réponse est « oui », c'est presque gagné ! Les nouveaux arrivants font alors comme chez eux et préparent le café. L'homme qui accompagne le jeune homme va pendant ce temps vanter les mérites du fiancé et de sa famille. Le café partagé, l'accord est conclu et le futur couple se rend de tente en tente inviter ses amis.

13

LE MARIAGE DANS LES SOCIÉTÉS TRIBALES AFRICAINES

Initiation et bétail

À partir du moment où un mariage est décidé, la famille du fiancé fixe les dates pour les fêtes religieuses et celle de la fiancée insiste pour que l'on ne perde pas de temps à verser le prix de la mariée. On ne badine pas avec les têtes de bétail… Le transfert des bêtes dans la famille de la mariée est la partie centrale de la cérémonie des fiançailles. Dès lors, la jeune fiancée doit s'abstenir de boire le lait des vaches offertes pour son mariage sous peine de voir celui-ci rendu impossible. Un bœuf est sacrifié aux ancêtres. La famille de la jeune fille fait cuire la viande et invite la famille du garçon à la déguster. Le partage du festin vaut contrat.

Enfin, les cheveux de la jeune fille sont coupés (on pense ainsi lui retirer sa personnalité), ses ornements lui sont retirés et elle en reçoit de nouveaux de la famille de son époux, pour signaler son changement d'état. Néanmoins, s'il est devenu gendre, le garçon n'est pas tout à fait mari. La jeune épouse habite encore chez ses parents. Pour la cérémonie de consommation du mariage, qui a lieu dans le village du fiancé, celui-ci doit demander à sa belle-mère l'autorisation d'emmener sa femme.

Pour s'assurer de l'épouse de son choix, un garçon de la tribu Kipsigis peut effectuer un rite unique : rejoindre sa préférée à la sortie de la cérémonie de la puberté, qui accompagne ses premières menstruations, et lui attacher un bracelet d'herbe au poignet. Dans de nombreuses peuplades, les rites de la puberté sont même souvent associés à ceux du mariage. À la fin de l'initiation, le futur couple entre dans une hutte où des poteries représentent des scènes symboliques de la vie conjugale. Le garçon apporte des cadeaux qui symbolisent sa future contribution au ménage (sel, viande, bois pour le feu) ainsi que l'arc et la flèche avec lesquels il ira à la chasse et protégera sa femme de l'adultère… Le couple est ensuite initié à un rite de purification qu'il se devra d'accomplir, une fois marié, toute sa vie après les relations sexuelles, et l'on remet à la jeune fille un « pot de mariage » qui contient l'eau avec laquelle ils se purifieront les mains. Après cela, la cérémonie de la consommation du mariage a souvent lieu le plus rapidement possible.

Il est pourtant fréquent que la jeune fille traverse une période d'isolement avant son mariage. Cette retraite la prépare à son changement d'état. Au pays Ndembu, la fille reste debout immobile toute une journée, sous des couvertures, au pied d'un arbre sacré : cela signifie que sa personnalité se retire pendant cette phase intermédiaire. Chez les Bembas de Zambie, la jeune fille entre dans une hutte par-derrière, pour montrer qu'elle abandonne son ancien mode de vie. Elle y reste un mois, entièrement cachée. Elle dort sur une litière de feuilles de bananier ou de plantain. Toute la journée, elle tisse des tapis qu'elle emportera dans son futur logis. Elle ne travaille pas aux champs avec les autres femmes : c'est la dernière période de repos physique de sa vie.

Chez les Nyakyusas, avant de quitter la hutte, la jeune fille est lavée de la tête aux pieds avec une eau médicamenteuse et des grains d'ikipiki, puis on lui apporte des bananes rôties (symbole du pénis) saupoudrées de grains d'ikipiki (symbole de parenté). Les feuilles de bananier sur lesquelles elle s'est reposée sont ensuite jetées et brûlées. En sautant par-dessus le feu, elle accepte implicitement les rapports sexuels et entre dans la condition d'épouse.

Pour aller rejoindre la demeure de l'époux, la résistance est de mise et les simulacres d'enlèvement usuels. Les cortèges des mariés s'y affrontent. L'appréhension de la jeune femme y est manifeste. Parfois, elle se laisse simplement amadouer par des cadeaux. Au Kenya, chez les Logolis, les filles restent symboliquement attachées à leur famille en emportant avec elles la couverture de fourrure de leur mère pour s'en servir tout au long de leur vie conjugale, hormis pour la nuit de noces. Parfois, après la consommation du mariage, l'épouse reste isolée. Elle ne sera considérée comme mariée que lorsqu'elle aura participé aux travaux domestiques quotidiens dans son nouveau foyer.

Martine et Francis

Ils ont déjà quatre cérémonies de mariage à leur actif. Le premier a eu lieu en Côte-d'Ivoire, dans le village de Martine, selon la coutume baoulé du peuple Akhan. Francis a dû lui faire la cour pendant un an, invitant sa belle-famille à de nombreux repas, demandant sa main par trois fois sans succès. La quatrième fut la bonne, les palabres purent commencer.

On rend tout d'abord visite au chef du village et à tous les membres de la famille de la fiancée, courtoisie oblige. Le comité de cérémonie du village astique l'or et les bijoux qui orneront les mariés. C'est leur quantité et leur qualité qui font la réputation du village, alors on ne lésine pas... Le départ de Martine a un prix que Francis doit proposer à son beau-père. On négocie pour tomber d'accord : quatre bœufs (c'est beaucoup), un sac de sel, symbole de la vie, une caisse de bouteilles de gin comme offrande aux dieux. Le jour J, à cinq heures du matin, Martine et Francis sont grimés et tatoués à l'huile de kaolin et à la poudre de graines de baobab. Le village prête les pagnes et les draperies de circonstance. On orne les mariés de bracelets, de colliers et de diadèmes. Martine porte huit kilos d'or ! Francis a revêtu

le chapeau de chef en velours noir, incrusté d'or. Après trois heures de préparatifs, on installe le couple à l'ombre, dans la cour de la maison, il fait 40°. Les villageois arrivent avec des casseroles en émail et le « spectacle » peut commencer.
Le personnage central de la cérémonie est le cousin Arthur, choisi pour son élocution, son à-propos et sa grande culture. Il a le rôle d'interprète. En effet, personne ne se parle directement. Le marié parle à Arthur qui parle au chef du village. Le beau-père parle à Arthur qui s'adresse aux villageois et ainsi de suite, pendant les trois jours de fête.
En préambule, les griots, les conteurs « qui détiennent l'histoire », narrent l'histoire des mariés à leur façon. On verse un verre de gin par terre pour les dieux. Entrent les premiers danseurs et les tam-tams puis nouveau verre de gin divin. Ils sont suivis par les enfants des écoles qui ont répété une danse spéciale sur le mariage et les enfants. Nouvelle rasade. Francis annonce alors par l'intermédiaire d'Arthur le prix de la dot. Le village s'exclame, commente, laisse éclater sa joie. C'est bon signe. Arthur les proclame mariés. Francis vole un baiser à sa femme. Il est pardonné : il est étranger…
La fête peut commencer avec son lot de plats et de spectacles jusqu'au soir. Pendant deux jours, les villageois et les invités défilent auprès des mariés. On boit du vin de palme, on refait le monde, on palabre, toujours par l'intermédiaire d'Arthur. Tous apportent des cadeaux, beaucoup de pagnes et de casseroles. « Une femme ne peut quand même pas partir toute nue ! » La fête finie, on rend les atours au village. Martine et Francis rentrent en France et reprennent le chemin du bureau…
Un an plus tard, ils se disent oui à la mairie d'Aix-en-Provence et refont la fête pendant deux jours, avec leurs amis.
La suite se passe à Las Vegas pour fêter leur deuxième

anniversaire de mariage : il leur paraît important de se remarier. Ils choisissent la Little White Chapel. Ambiance Hollywood, avec limousine, bouquet, témoins, photos et pasteur inclus dans le forfait. Ils s'amusent tellement qu'ils se jurent d'y revenir avec parents et enfants.
Ce qu'ils font un an après. Les revoilà à Las Vegas, « flanqués » de leurs mamans et de trois de leurs cinq enfants. Pour quelques dollars de plus que l'année précédente, ils repartent avec la vidéo.
Ils n'excluent pas de recommencer une cinquième fois. « Accros » au mariage, ça existe.

14

Le mariage polynésien

Pirogues et tatouages

Le mariage tahitien, au bord du lagon aux eaux cristallines, est un mariage traditionnel polynésien. Les futurs mariés arrivés en pirogue à balancier sont accueillis sur la plage par les villageois au son des ukulélés. La mariée est alors invitée dans le *faré bambou* pour y être apprêtée par les femmes du village. Massée à l'huile de monoï, elle est vêtue en princesse tahitienne.

Son futur époux est emmené en pirogue sur une plage pour y être tatoué et habillé en grand chef. Il est alors raccompagné au village où la mariée, le grand prêtre et les villageois, tous vêtus de costumes de fête traditionnels, l'accueillent.

Après les avoir présentés l'un à l'autre, le grand prêtre invite les futurs époux à pénétrer sur le *marae*, temple tahitien de pierres, face au lagon, où il va les unir. Durant le mariage, les femmes du village interprètent de magnifiques chants religieux traditionnels. Puis, après avoir été bénis et avoir reçu leurs noms tahitiens (on reçoit le jour de son mariage un second prénom), ainsi que ceux de leurs futurs enfants, les mariés se dirigent vers la chaise dite royale où, fleuris de somptueuses couronnes et de colliers, ils sont portés par quatre guerriers. À Hawaii, la couronne est remplacée par une guirlande de quarante à cinquante fleurs parmi les plus belles et les plus parfumées de l'île. Elles sont nouées par un ruban de soie colorée. Un certificat de mariage traditionnel en *tapa* (écorce) leur est alors remis.

Après une collation, les jeunes filles du village leur offrent un spectacle de danse et les invitent à se joindre à elles avant qu'ils n'embarquent sur une pirogue royale décorée pour une

promenade romantique, bercés par la musique des ukulélés et des guitares.
Les jeunes mariés rejoignent alors un *faré* royal flottant où, de la terrasse, tout en trinquant à leur amour, ils contemplent le paysage enchanteur, les reflets du soleil sur le lagon transparent et admirent les couleurs vives des poissons. Un repas fin leur est ensuite servi en pirogue par les villageois.

Motifs de tatouages polynésiens

Le *tiki* (dieu polynésien) apporte protection à celui qui le porte.

La tortue est souvent représentée en Polynésie : animal sacré depuis toujours, symbole de longévité et de sagesse.

La raie est un symbole de liberté, accentué ici par la protection du *tiki*.

15

Le mariage aux îles Fidji

À déguster

Pour demander la main de sa belle, l'amoureux fidjien se rend dans sa famille et lui offre des racines de *kava*. À partir de là, le bouche à oreille fonctionne aux quatre coins des îles Fidji. Inutile de prévoir des cartons d'invitation ! La nouvelle se répand au sein des deux clans : la famille proche avertit jusqu'aux cousins du deuxième degré. Un millier de personnes peuvent se rendre à la noce.

Chaque clan prépare alors les festivités de son côté pendant deux jours. L'organisation est confiée à un comité de dix à vingt personnes ! Les invités – cinq cents par famille – apportent de quoi aménager la maison des futurs époux : nattes en feuilles de *pandanus* bordées de laine colorée, vaisselle, coussins, couvertures, moustiquaires... Pour le repas, tout le monde met la main à la pâte : l'un pile les racines de *kava*, râpe les noix de coco ou pèle et coupe les tubercules sous les manguiers, l'autre découpe et fait cuire dans de grandes marmites des morceaux de viande qui seront offerts à tous les invités « hors famille » qui ont eu la gentillesse de se déplacer...

Pour rassurer son beau-père sur l'avenir de sa fille, le marié lui offre une dent de baleine qui symbolise la richesse.

Les femmes habillent ensuite les mariés. Ils sont généreusement enduits d'huile de noix de coco aux essences de la région, puis enroulés dans de superbes *tapas*, des tissus en écorce, autrefois réservés aux chefs de clan. Un *tapa* marron sert de très large ceinture nouée dans le dos par un nœud papillon géant. Les jeunes filles confectionnent les *salu-salu*, colliers tressés dans lesquels elles insèrent des petits bouquets de feuilles, de l'odorant *makosoi* et des petites fleurs rouges et jaunes aux senteurs douces et sucrées. Les témoins sont habillés comme les mariés et portent tous un *salu-salu*.

Au mur de la maison du fiancé trône un somptueux *tapa* aux motifs foisonnants, cadeau des parents, sur lequel sont mentionnés le nom des deux époux ainsi que la date de la cérémonie. À la fin de la journée, la mariée et ses invités se rendent dans le village du futur époux. Ils défilent avec leurs victuailles contenues dans des paniers en feuilles de cocotier. Le matin même, une tortue géante – espèce pourtant en voie de disparition – a été sacrifiée pour l'occasion. Ici, le traiteur, c'est le village entier !

Après une cérémonie à l'église (les Fidjiens sont méthodistes), les deux clans se rejoignent et l'on réunit agapes et cadeaux. À chaque présentation de cadeau, l'assemblée entière tape trois fois dans ses mains en signe d'acceptation et de remerciement. Le repas s'effectue en plusieurs services, les plats sont disposés par terre sur des feuilles de bananier. Bien que la nourriture ait une fonction hautement sociale, il n'en est pas de même du repas. Ils sont rarement pris en commun et sont partagés à la va-vite. Les mariés assistent au banquet – qui ne s'éternise pas – avant de couper le gâteau de mariage d'une main unie. Les moments de partage des préparatifs du mariage sont plus importants que la fête elle-même…

16

LE MARIAGE FRANC-MAÇON

Une « adoption » familiale

Le mariage maçonnique est célébré après le mariage civil, de préférence l'après-midi. On parle d'une « tenue blanche » (des profanes sont autorisés à y assister). La cérémonie de reconnaissance conjugale est un rituel où le conjoint profane ainsi que les enfants qui naîtront de l'union sont « adoptés » par la loge. Cette dernière s'engage notamment à respecter à l'égard du conjoint profane tous les principes qui lient les « frères » entre eux : la fraternité qui assure la douceur dans les rapports, l'ordre, l'harmonie, la confiance et l'affection nécessaires à toute œuvre poursuivie en commun, la solidarité sur laquelle chaque franc-maçon est en droit de compter dans les circonstances où il a besoin de l'aide de ses frères, l'éducation mutuelle qui fait bénéficier la collectivité de l'intelligence et des connaissances de chacun et, enfin, la tolérance fraternelle qui permet à chacun d'être lui-même et de s'exprimer librement.

À l'occasion de cette cérémonie d'union, le temple se métamorphose. Il est décoré de tentures, de feuillages et de fleurs. Sur une table recouverte d'un tapis blanc sont déposés une corbeille contenant des fruits, les alliances sur un petit plateau, une baguette en verre, une coupe de cristal vide et deux petits verres remplis, l'un d'eau, l'autre de vin rouge. L'ensemble est recouvert d'un voile de gaze bleue. À chaque extrémité de la table, un flambeau est dressé. Les époux sont placés devant, sur deux grands fauteuils. Les rituels peuvent commencer.

Le maître de cérémonie enlève le voile qui recouvre la table de l'hyménée et allume les flambeaux. Les époux se lèvent. Le Vénérable leur rappelle alors quel est le symbole des outils du franc-maçon : « L'équerre est symbole de droiture, de justice ; outil indispensable pour tailler en forme régulière les pierres qui seront employées à la construction de l'Édifice. Elle suggère que, nous aussi, nous devons nous efforcer d'enlever nos aspérités, d'améliorer notre caractère, de manière à rendre possible et agréable la vie sociale et, en particulier, la vie familiale. Ses deux branches, assemblées à angle droit, figurent l'union parfaite de deux êtres qui se sont liés l'un à l'autre afin de réaliser l'Unité. »
Puis saisissant le compas : « Dans ce compas, instrument de mesure, voyez l'emblème de la Sagesse qui doit diriger nos actions par un contrôle constant de nous-mêmes. Inspirés par le Sentiment, guidés par la Raison, nous devons mesurer toute chose à sa juste valeur. »
Prenant le niveau : « Devant cet emblème de l'égalité maçonnique, permettez-moi de vous rappeler le fécond et légitime équilibre qui doit résulter, dans un ménage, des droits analogues de chacun des époux. Cette égalité présuppose l'égale observance des devoirs familiaux, dont le premier est de contribuer à la bonne harmonie du ménage. Il ne s'agit donc pas de vouloir affirmer sa propre personnalité mais bien de la subordonner à la cohésion de la famille. »
Enfin, soulevant la règle : « Voici la règle qui caractérise la ligne droite de laquelle nous ne devons jamais dévier. Elle symbolise la loi morale et résume les vertus et les qualités qu'ont évoquées les autres outils. »
Un frère passe les alliances aux mariés qui se les glissent mutuellement aux doigts. Un autre frère leur tend ensuite la baguette en verre. Les époux en tiennent chacun une extrémité, sans trop la serrer. « Cette baguette possède la pureté, la transparence et l'éclat que doit avoir tout amour partagé, elle en a aussi la fragilité. Que cet emblème vous rappelle que l'amour a besoin de soins attentifs et constants. Prenez toujours garde qu'il ne vienne

à se briser. Veillez-y encore plus scrupuleusement quand des enfants seront nés de lui. »
Les époux partagent alors le breuvage de la parfaite union. La femme prend le verre d'eau, l'homme celui de vin. Ensemble, ils en versent le contenu dans la coupe en cristal. « Ce mélange symbolique vous rappelle que les qualités diverses doivent s'unir et se tempérer en une commune harmonie qui assurera la bonne entente des époux et, plus tard, la prospérité de leur famille. » Les époux boivent à la même coupe puis un frère ceint le couple du ruban symbolique aux couleurs de la loge : le conjoint profane se trouve ainsi reconnu comme un nouveau membre de la grande famille. L'assemblée tout entière se lève et l'ensemble des frères et sœurs forme une chaîne d'union, chacun se tenant par la main. Le Vénérable, au nom de la loge réunie, fait le triple baiser fraternel au franc-maçon nouveau marié et l'invite à le transmettre à son épouse. On offre enfin à la jeune femme une corbeille de fleurs et de fruits comme témoignage symbolique de l'affection de tous : « Les fleurs ont la fraîcheur et le parfum des grâces féminines, les fruits étant l'emblème des maturités fécondes, de l'espoir de santé et de bonheur. » Toutes les femmes de l'assemblée reçoivent à leur tour un bouquet de fleurs. Tout le monde quitte alors le temple. Une collation attend les invités au-dehors…

Coutumes du bout du monde…

*En **Angola**, le fiancé, invité chez sa belle-famille pour le repas rituel de mariage, laisse de la nourriture dans son assiette pour souligner qu'il est plus intéressé par la femme que par la nourriture. Perdre l'appétit n'est-il pas un symptôme de l'amour ?*

*En **Tchécoslovaquie**, mais aussi en Chine et dans de nombreuses régions du monde, un enfant est allongé sur le lit des mariés en signe de fertilité. Les Chinois ajoutent des graines de lotus, des dattes, des grenades, des mandarines.*

*En **Italie** et en **Écosse**, la mariée porte un fer à cheval sur elle pendant la cérémonie pour appeler la chance. En revanche, porter de l'or avant l'échange des consentements attire le malheur.*

*En **Écosse** encore, une tradition veut que le fiancé parcoure la ville en traînant derrière lui un panier de pêche rempli de pierres. Il cherche partout sa fiancée. Dès qu'il la trouve et qu'elle l'embrasse, il peut se délivrer de son encombrant panier…*

*Au **Mexique**, pour la première danse du couple, tous les invités entourent les mariés en formant un cœur.*

*Aux **Philippines**, pour déclarer sa flamme, un fiancé lance une hache sur la maison des parents de sa préférée. On sait alors qu'un processus de mariage est en cours et que la jeune fille est indisponible pour quelqu'un d'autre.*

*En **Afghanistan** et au **Yémen**, il est usuel que l'un des invités prenne une paire de ciseaux et découpe un papier ou un tissu afin que l'union soit solide.*

*En **Finlande**, le couple ouvre la danse, généralement une valse, et la mariée porte une assiette de porcelaine sur la tête, posée par sa belle-mère ou sa marraine. Quand l'assiette se brise, le nombre de morceaux indique le nombre d'enfants à venir.*

Créez votre cérémonie

Pour une cérémonie réussie

Une cérémonie traditionnelle n'est pas la seule réponse au mariage. Parce que nos goûts et nos valeurs évoluent au fil des générations, de nombreux couples souhaitent aujourd'hui se marier selon leurs propres termes. Commence alors un travail de conception et de réflexion sur le lien sacré du mariage qui peut aboutir à une cérémonie allant de la plus simple à la plus élaborée.

La force de l'émotion partagée est le seul, et le plus beau, critère de réussite d'une cérémonie de mariage. Ce sont souvent ces moments chargés d'affectivité qui resteront les souvenirs les plus marquants de votre journée. Demandez autour de vous, l'amnésie de la noce est très courante : peu d'événements dans notre vie nous demandent autant de travail de préparation et s'oublient aussi naturellement. Ce qui reste, ce sont des photos, et le souvenir diffus d'instants magiques, de larmes et de rires.

Les sensations fortes et le bonheur ne se commandent pas à l'avance, mais l'intégrité personnelle et l'affirmation de soi ont tendance à les favoriser. La complexité de l'histoire des relations familiales incite parfois à des compromis : acceptez-en certains, sans arrière-pensées, et refusez ceux qui vous mettent mal à l'aise. Respectez les autres sans oublier de vous respecter vous-mêmes.

Offrez-vous la cérémonie dont vous rêvez, celle qui vous parle et qui vous fera vibrer. L'émotion est contagieuse, et les mariés sont le point de mire de toute l'assistance. Si vous êtes émus, votre entourage le sera aussi.

Certains couples ont construit des cérémonies ensemble, d'autres ont fait confiance à un proche. Dans certains cas, la mariée s'est occupée de tout, dans d'autres, c'est le marié qui a pris les choses en main. Mais pour chaque couple dont la cérémonie fut mémorable, il y a eu à la fois une forte communication et un immense respect des envies mutuelles :

- par la connaissance et l'acceptation de la culture de l'autre,
- par l'intégration de ses pratiques religieuses ou spirituelles,
- par la participation éclairée des familles,
- et surtout par la volonté partagée de ciseler une cérémonie unique.

1

Les préparatifs

Quelques questions à se poser

La décision de vous marier ou de vous unir est prise. Reste à savoir comment vous y prendre. La forme donnée à la cérémonie peut dépendre de références religieuses, familiales, personnelles, musicales, littéraires, spirituelles, cinématographiques… C'est l'alchimie croisée de vos envies qui définira le style, unique, de votre cérémonie.

Le mariage symbolise la porte d'entrée vers une nouvelle vie. Celle qui transforme officiellement deux parcours individuels en un chemin de responsabilités partagées. Sa célébration peut être l'emblème et le miroir des valeurs que vous entendez apporter dans votre vie de couple. En vous interrogeant sur la symbolique du mariage pour chacun, vous découvrirez plus facilement les actes et les gestes adaptés que vous souhaiterez y inclure. Votre mariage doit vous ressembler.

Connaître ses désirs demande beaucoup de temps, d'énergie et provoque de nombreuses discussions mais facilite la réalisation de ce à quoi on aspire. En choisissant de créer une cérémonie sur mesure, avec les difficultés que cela peut comporter, vous démontrez déjà votre détermination à accorder votre vision l'un à l'autre. C'est un bon début… Voici quelques questions à se poser pour guider cette recherche.

La relation

- Comment vous êtes-vous rencontrés ? Depuis combien de temps êtes-vous ensemble ? Quel sens a le chemin déjà parcouru ensemble ?

- La cérémonie n'est que le point de départ de l'aventure du mariage. Pourquoi avoir décidé – si tard, si vite ? – de vous marier ? Comment le montrer, le dire et le partager avec vos invités ?
- Que souhaitez-vous déclarer sur votre relation ? Quelles histoires personnelles voulez-vous raconter, que voulez-vous vous dire l'un à l'autre devant témoins ? Votre amour, votre humour, votre tendresse, votre foi, vos projets... ?
- Voudriez-vous garder un ou deux moments, ou gestes, ou secrets, rien que pour vous deux ?

La cérémonie

- Quelle sera l'atmosphère de la cérémonie ? Un événement public, une conversation intime, un rituel religieux, un carnaval, une réunion de clans, une mondanité obligatoire ?
- Qu'avez-vous envie de partager avec ceux que vous avez choisis pour vous accompagner ce jour-là ?
- Souhaitez-vous vous « offrir » l'un à l'autre ou être mariés par un tiers ?
- Quel rôle accordez-vous à vos familles, à vos amis, à vos enfants (s'il y en a déjà) ?
- Souhaitez-vous évoquer ou rendre hommage à des personnes absentes ?
- Quels mariages vous ont marqués ou inspirés ?
- Qui peut vous aider et vous soutenir pour la préparation ?

Les traditions religieuses

- Quelles sont vos traditions religieuses ou spirituelles ?
- Quelles sont les religions pratiquées par vos parents ?
- Que souhaitez-vous inclure, ou exclure, de ces religions ?
- Êtes-vous sensibles à d'autres pratiques religieuses ou à certains rituels ?
- Quelles sont les grandes phrases de sagesse, les poèmes ou les textes divers qui reflètent votre philosophie du mariage ?

Lorsque les réponses sont difficiles à trouver, il peut être utile de procéder par élimination.

- Quels sont les mots ou les traditions qui ne vous correspondent pas ?
- Quel est le mariage le plus insignifiant auquel vous ayez assisté ? Pourquoi ?
- Qu'est-ce qui vous a choqués, surpris, émus, dans des mariages de votre entourage ?

Les mariages des autres peuvent être une source d'inspiration, d'imitation, de contradiction. Il existe peu de livres pour guider votre choix, il faut donc faire confiance à vos envies et à vos intuitions.

Une coutume « aristo » hongroise

Au moment où les mariés entrent dans l'église, la mère de la fiancée enlève le gant de sa main droite puis, lentement et avec dignité, lève la main et gifle sa fille. Elle la prend ensuite par l'épaule et la conduit à l'autel. La gifle n'est pas violente et la scène est symbolique des rites du mariage des aristocrates hongrois. Si l'union se révèle malheureuse, la jeune mariée pouvait, grâce à la gifle, soutenir dans un procès en divorce qu'elle avait été conduite à l'autel à son corps défendant, contrainte par ses parents.

Un air de famille

Les familles ont toujours un avis : les parents, frères, sœurs, grands-mères et grands-pères se sont mariés comme ceci ou comme cela. Ils croient en Dieu ou pas, sont sensibles aux conventions sociales ou pas, sont favorables à votre union ou pas… Quelle que soit la situation, elles savent souvent ce qui est bien et ce qui doit être fait. Vos avis ne convergeront pas toujours.

À Paris, les amoureux cueillent quelques feuilles des buis qui poussent au-dessus de la tombe d'Héloïse et d'Abélard, au cimetière du Père-Lachaise.

En choisissant une cérémonie originale et personnalisée, vous pouvez provoquer des réticences, parfois même des réactions violentes, notamment de la part de vos parents à qui vous ôtez leur rôle traditionnel. Mais vous pouvez les investir d'une tout autre responsabilité dans la cérémonie. Au lieu d'accompagner sa fille à l'autel, le père peut lire un texte, la mère aussi d'ailleurs... Ce rôle que vous allez leur choisir est un cadeau que vous leur faites, pensez à le leur présenter ainsi afin de désamorcer les rancœurs et les conflits. Les parents de Louis attendaient depuis longtemps le mariage de leur fils à la synagogue, entourés de leurs amis de toujours. Et pourtant... Il a choisi un arbre comme *houppah* (dais nuptial juif), s'est marié en jean et en pleine nature. Il a demandé à chacun de ses parents de dire une prière. Ils ont choisi des textes traditionnels du mariage juif, en hébreu. Les parents de la mariée ont lu des poèmes de leur création et les mariés se sont échangé des textes persans. Les différents univers ont chacun trouvé leur espace pour s'exprimer.

Si votre belle-famille a de fortes convictions religieuses qui vous sont étrangères, anticipez et renseignez-vous le mieux possible. Certains mariés, en adhérant aveuglément, ou par politesse, aux souhaits d'autrui ont été surpris, le jour venu, de participer à une cérémonie qui leur échappait ou dont ils ne comprenaient pas la symbolique. Rappelez-vous toujours que ce jour-là, les acteurs principaux, c'est vous.

Qu'il s'agisse des préparatifs, des symboles utilisés, des prières prononcées, du rôle des uns ou des autres, sachez où vous « mettez les pieds ». Lors de son mariage en Inde, Annabelle et ses parents, occidentaux, se sont sentis exclus des préparatifs qui se déroulent séparément dans chaque famille. Ils ne se sentaient pas chez eux à Bombay et n'étaient pas préparés, ni équipés pour recevoir des invités dans leur hôtel. Ils gardent un souvenir assez « épicé » de cet isolement. S'ils avaient été mieux renseignés, ils auraient pu, eux aussi, prévoir un repas pour la belle-famille ou imaginer un petit voyage entre eux pendant que la famille du marié célébrait l'événement chez elle comme le veut la tradition indienne. Par manque de préparation, ils ont interprété chaque geste comme un rejet.

Les Français et le mariage interreligieux

L'homogamie (mariage au sein d'une même religion) est une valeur en baisse ! En 1999, un tiers des personnes (34 %) y attachent du prix contre 46 % en 1981. L'obstacle n'est plus infranchissable. Une forte majorité – 83 % contre 16 % il y a vingt ans – pensent que les mariages interreligieux sont un facteur de tolérance sociale. Pour deux tiers des Français – 63 % contre 34 % –, ils ne sont pas un obstacle à la bonne entente du couple. Le mariage avec une personne d'une autre religion ne fait plus pousser de hauts cris : ils sont très nombreux (82 %) à l'envisager pour leur fils ou leur fille.

L'identité religieuse n'est pas neutre. 94 % des gens se disent d'accord pour que leur enfant épouse un chrétien, 77 % un juif ou une juive, 73 % un(e) bouddhiste et 66 % un musulman. Enfin, on l'accueille mieux à gauche qu'à droite (87 % d'approbation d'un côté contre 74 % de l'autre).

(Source : *Valeurs des Français. Évolution de 1980 à 2000*, sous la direction de Pierre Bréchon, Armand Colin, 2000.)

Pénélope et Fred

Fred s'est senti marié à Pénélope dès l'instant où il lui a demandé sa main. La cérémonie n'était alors qu'une simple formalité pour lui… mais pas pour elle. Ils habitent chacun d'un côté de l'Atlantique. Pénélope est américaine d'origine russe. Fred, français, est né à Phnom Penh, a vécu en Asie, au Maroc et en Europe. Deux nationalités, deux continents et deux cultures s'unissaient.

Siri, le demi-frère de Pénélope, converti à l'hindouisme, est sikh. Tout naturellement, il a pris les choses en main. Pénélope justifie ainsi leur choix de Siri comme officiant : « C'est la personne la plus spirituelle de notre entourage. Il nous a aidés à choisir les symboles de notre mariage avant la cérémonie. De nous tous, c'est lui qui avait la culture religieuse la plus forte. Vêtu de blanc et coiffé d'un turban, sa présence était chaleureuse et rassurante. J'ai toujours été impressionnée par la qualité de sa relation avec sa femme et j'aimais l'idée que ce soit lui qui nous proclame unis par le mariage. »

La cérémonie s'est construite autour des quatre aspects de la vie d'un couple : le passé, le présent, le futur et l'infini. Siri a donné le la du départ de la cérémonie : « Je vous invite à être les témoins du mariage de Pénélope et Fred et à les placer dans votre cœur et vos prières à partir de cet instant. »

Le passé

Siri vérifie que personne ne s'oppose à cette union et commence : « Vos trajets différents vous ont menés l'un et l'autre à vous rejoindre ici aujourd'hui. Fred, citoyen du monde, et Pénélope, voyageuse américaine. Le passé se termine maintenant. Unissez-vous sans réserves, limites ou conditions. Ces quelques engagements peuvent vous aider à poursuivre ensemble. Un mariage comprend de nombreux défis. La question n'est pas "allons-nous les surmonter ?" mais "comment allons-nous le faire ?" Si vous souhaitez continuer, prononcez ensemble "Je suis prêt !"... »

Le présent

« Engagez-vous à un nouveau rythme de vie ensemble. L'être humain peut vivre chez, avec, ou pour quelqu'un d'autre. Vivez désormais l'un pour l'autre. Les plus belles vies à deux sont faites de tout petits détails. Chaque jour qui passe est l'occasion de se rapprocher ou de s'éloigner l'un de l'autre.

Choisissez de vous tourner l'un vers l'autre. Si vous souhaitez continuer, prononcez ensemble "Je suis prêt !"... »

Le futur

« La vie ensemble crée un foyer. Qu'il vous apporte douceur, grâce et fécondité. Sachez reconnaître chaque jour le privilège du bonheur que vous possédez. Que la joie de votre couple inonde d'espoir vos familles, vos amis et leurs enfants. Si vous souhaitez continuer, prononcez ensemble "Je suis prêt !"... »

L'infini

« Un mariage initié par une promesse, nourri de douceur et mûri par le temps, est un bien précieux. Il commence une histoire qui demande à ne jamais finir. Si votre intention est de vivre une telle histoire, échangez vos vœux et vos alliances. »

Le père de Pénélope explique alors l'importance de la symbolique du bris d'un verre lors d'un mariage juif et Fred s'exécute joyeusement.

Siri : « Par le pouvoir qui m'est investi, je vous déclare mari et femme ! »

Après un long baiser des nouveaux époux, une amie leur offre une poésie qui commence par le proverbe : « Petit à petit, l'oiseau bâtit son nid… »

Choisir l'officiant

Lors d'un mariage civil, c'est un représentant de la République, le plus souvent anonyme, qui prononce le mariage. Créer sa propre cérémonie, en dehors des « lieux officiels », permet précisément d'éviter l'anonymat et de désigner celui ou celle qui vous accompagne.

Dans le cadre d'un mariage dans une église catholique, par exemple, le couple « candidat au mariage » passe plusieurs heures avec le prêtre pour faire connaissance et évoquer les valeurs du mariage. Si l'officiant connaît bien les mariés, la cérémonie sera chargée de sens. S'il représente des valeurs auxquelles ils tiennent (ouverture, métissage, sérieux, humour, spiritualité, amitié, etc.), elle le sera d'autant plus. C'est l'histoire commune, créée avec lui, qui donne de l'intimité à une cérémonie.

Rien n'empêche, lors d'un mariage extrareligieux, qu'un prêtre, un pasteur, un rabbin, un membre d'une communauté religieuse ou un maître à penser, donne une caution spirituelle à la cérémonie. Mais, le plus souvent, on choisit un proche, ami ou parent, qui apporte simplement sa bénédiction et sa bienveillance.

La fonction pratique de l'officiant est de donner corps à la cérémonie. Il annonce son déroulement, présente les participants, donne des explications, des détails et rythme les différentes étapes. Il accueille, introduit, déroule, accompagne. C'est lui qui donne le ton. Il faut donc que les deux fiancés se sentent à l'aise avec cette personne et puissent lui parler librement de leur relation, de leurs aspirations, de leurs préférences religieuses et de leurs rêves de vie ensemble. Mieux il connaît les mariés, plus la cérémonie est personnelle et chaleureuse.

Pour élire celui qui officiera à votre mariage, le choix est vaste. Un membre de la famille a l'avantage d'être témoin de votre histoire, et l'inconvénient d'être plus proche historiquement de l'un des mariés. Un ami commun apporte un regard et une complicité sur votre vie à deux. Un ami extérieur au cercle immédiat aura peut-être une présence plus solennelle. Une connaissance éloignée peut apporter son savoir ou son expérience s'il a déjà tenu ce rôle.

La participation de l'officiant peut être variable :

- Choisissez de lui remettre des textes et de lui confier des interventions précises : dans ce cas, c'est vous qui devez réfléchir à ce que vous souhaitez comme rituel et vous lui demanderez simplement d'assurer le rôle de maître de cérémonie.
- Vous pouvez également lui offrir un rôle plus large : demandez-lui de prendre part à la construction et à la rédaction de la cérémonie.
- Il peut également assumer les deux rôles.

Quelle que soit la personne qui officie – une sœur, un rabbin, un ami d'enfance, un grand-père, une cousine mystique, un élève en théologie, un auteur à succès, un disciple récemment converti, ou votre voisine de palier –, deux qualités sont nécessaires : aimer parler en public et adhérer au choix des mariés. Il faut aussi, accessoirement, qu'il, ou elle, accepte d'y consacrer le temps de préparation nécessaire.

Fiona et Sébastien avaient besoin d'aide. Souhaitant revenir aux sources de leurs deux cultures, ils voulaient savoir comment concilier plusieurs traditions au cours d'une même cérémonie. Ils ont contacté un ami de la famille, un « spécialiste » féru de méditation et de spiritualité. C'est au cours de ce premier échange qu'ils lui ont demandé d'officier pour leur mariage et de leur apporter ses connaissances. Ils se sont revus à trois reprises, définissant à chaque fois de nouveaux rituels à inclure dans la cérémonie : le partage du pain et du vin, l'échange des alliances et de foulards avec leurs invités, une intervention des quatre parents et la lecture d'un texte l'un à l'autre. L'ami a suggéré qu'un gong ponctue les étapes, et un moment de silence avant de s'engager, ainsi que la présence d'un flûtiste pour marquer le début de la cérémonie.
Ce ne sont pas tant ses connaissances que l'alchimie de ces conversations qui ont donné une saveur toute personnelle à l'ensemble. Le jour de la cérémonie, il avait préparé son texte, seul, pour procéder au mariage. Cela leur convenait très bien, car même s'ils se sentaient les auteurs de leur cérémonie, ils avaient envie d'être surpris et entraînés par une voix solennelle et distincte de la leur.

Camille et Georges ont fait appel à Andrew, un ami d'enfance du marié. Ils lui portent chacun une confiance réelle et justifiée. Présent à toutes les étapes de leur vie commune depuis leur rencontre, Andrew s'est imposé naturellement. Tous les trois, ils se sont remémoré les mariages auxquels ils avaient assisté et ont noté ce qu'ils voulaient. Les mariés ont ensuite fait leurs recherches, souhaitant respecter deux étapes fortes du mariage juif : les sept bénédictions et le bris du verre. Il a été convenu que les parents interviendraient chacun avec un mot personnel pour les mariés. Les étapes de la cérémonie ont été débattues et définies à trois. Les mariés ont directement contacté leurs parents, faxé les bénédictions à l'ami choisi pour les lire, organisé l'installation de la *houppah* et la chorégraphie de la cérémonie.

Le jour J, Andrew a revêtu son habit de fête et a attendu l'arrivée de Camille aux côtés de Georges. Après avoir décrit les étapes de la cérémonie, il a rempli la coupe de vin partagée par les amoureux et leur a tendu les alliances. Il a appelé les parents et n'a pas résisté au plaisir de bénir les mariés au nom de l'autorité qu'ils lui avaient eux-mêmes conférée.

Patricia et Pascal

Elle est protestante, née au Maroc, il est catholique, avec une grand-mère mystique. « Nous voulions une cérémonie de mariage sans le poids des traditions. » Ils avaient envie de se marier à l'église de Saint-Séverin, à Paris, parce que Patricia aime venir méditer auprès de la Vierge qui y trône. C'est là qu'ils ont rencontré le prêtre de la paroisse qui, séduit par ce mélange de cultures, a soutenu leur démarche avec respect, sans jamais dicter « sa » loi.

Ils ont assisté aux trois réunions de préparation au mariage : « Nous redoutions de nous ennuyer et avons été agréablement surpris : nous sommes entrés dans l'intimité de la vie des couples, cela a été touchant et très enrichissant. »

Patricia a choisi un texte d'Arnaud Desjardins : « Pour une vie réussie, un amour réussi » et Pascal lui a répondu par un texte de Christian Bobin.

Elle adore tout particulièrement les odeurs et l'encens. Bien que ce soit inhabituel lors d'un mariage catholique, le prêtre a accepté d'encenser leurs alliances. Dans son sermon, il a salué les origines de chacun et a célébré l'œcuménisme de son église ce matin-là. Tous ont ri, il était très drôle. Pour finir, le prêtre leur a donné un conseil précieux et original : « Ne jamais vous coucher fâchés. » Patricia était soulagée, la grand-mère de Pascal ravie, le prêtre heureux, et la musique qui les accompagnait carrément rock.

Écrire ses vœux de mariage

Le *Petit Robert* définit le vœu comme « une promesse librement consentie faite à la divinité, à Dieu ; un engagement religieux ». C'est aussi une promesse faite à soi-même. Chez les Anglo-Saxons, en particulier aux États-Unis, les époux échangent des vœux, qu'ils s'offrent l'un à l'autre : c'est le moment crucial de la cérémonie où les époux s'engagent.

Les mots d'engagement mutuel existent depuis toujours. Ils sont codifiés. Ainsi, dans une cérémonie religieuse traditionnelle, les époux, dans le sillage de tous les mariés qui les ont précédés, répètent des phrases dont la portée leur semble intemporelle et que des générations avant eux se sont échangées.

À la mairie, ce sont les devoirs et obligations de chacun des époux qui tiennent lieu de « serment ». On s'y conforme souvent avec un demi-sourire…

Plutôt que de prononcer des phrases « toutes faites », ceux qui sont moins sensibles à la force des phrases traditionnelles trouveront plus facile de respecter une parole donnée avec leurs propres mots.

Ainsi, lors de la cérémonie, vous prononcez vos vœux pour traduire vos sentiments et vous engager. C'est une déclaration solennelle et mutuelle où chacun des fiancés s'adresse à l'autre. On y inclut des affirmations, des promesses et des engagements. Certains choisissent un texte, un poème ou une citation qui exprime ce qu'ils ressentent. D'autres les écrivent eux-mêmes, seul ou à deux. C'est un bel effort qui entraîne à écouter son cœur. Impressionnant avant de les avoir écrits, mais tellement gratifiant le jour du mariage.

1. Se mettre au travail

Quelques conseils peuvent aider à se mettre au travail :

- **Il n'y a pas de règle.** Votre cœur, votre bien-aimé(e) et votre relation sont uniques. Tout ce que vous sentez devoir dire est légitime et peut trouver sa place dans votre cérémonie.

- **Rester simple.** Dans les mots, dans les phrases et dans les textes. L'échange des vœux peut être bref et simple, et une phrase sincère et authentique vaut mieux qu'une tirade impersonnelle.
- **Accepter de parler de soi.** C'est le moment ou jamais d'oser dire son amour ouvertement mais aussi d'annoncer ce que vous entendez apporter à l'autre dans la relation qui s'officialise ce jour-là.
- **Reconnaître les qualités de l'autre,** ce qu'il est, et l'ambition que vous avez pour vous deux.
- **Être positif.**

Comme dans tout processus créatif, le premier brouillon ne doit pas être définitif. Ne le jetez surtout pas. Même s'il ne vous plaît pas encore, il contient déjà au moins une bonne idée et une jolie phrase. Voici une série de questions dont les réponses peuvent vous aider à trouver les mots de vos vœux.

Quelle définition donnez-vous à :
- L'amour
- La confiance
- Le mariage
- La famille
- L'engagement
- La construction
- Le quotidien
- Quelle est la première chose qui vous a frappée chez l'autre ?
- Qu'aimez-vous chez lui (chez elle) ? Quels sont ses travers touchants ?
- Quels sont les événements les plus importants de votre vie de couple ?
- Avez-vous déjà surmonté des épreuves ensemble ? Qu'est-ce que cela vous a apporté ?
- Quels sont les moments les plus insolites que vous ayez vécus ensemble ?

- Partagez-vous une tradition religieuse ? Si c'est le cas, y a-t-il un texte religieux qui vous parle à l'un et à l'autre ?
- Y a-t-il un poème, un livre ou une chanson que vous aimiez particulièrement tous les deux ?
- Comment vous voyez-vous évoluer côte à côte ?
- Imaginez ce que sera votre vie ensemble dans de nombreuses années. Décrivez-la.

De vos réponses se dégageront des lignes de force et les premiers mots de vos vœux jailliront tout seuls… Laissez alors faire votre imagination, ne vous censurez pas. Notez tout ce qui vous vient à l'esprit. Même si c'est peu. Si l'inspiration vous manque, allez faire un tour avant de vous y remettre.
Il est prudent de rédiger ses vœux bien avant le mariage, quitte à les peaufiner la date fatidique approchant. Mieux que par cœur, sachez les prononcer avec cœur. N'hésitez pas à prendre sur vous le texte de vos vœux si vous en éprouvez le besoin : lisez-le si vous êtes trop ému(e) pour réciter. Préférez une feuille à un joli cahier, cela prend moins de place dans la poche. Au cours de la cérémonie, regardez votre bien-aimé(e) bien dans les yeux et, surtout, souriez (si l'émotion vous le permet…).

2. Le style

À titre d'inspiration, voici quelques constructions possibles :
Marie et Louis ont adopté une trame commune :

- une phrase se référant au passé,
- une phrase à propos de leur relation,
- une phrase d'engagement.

Louis : Quand j'étais petit, je m'imaginais astronaute plutôt qu'époux. Mais c'était avant de savoir que tu es la plus belle des planètes.
Marie : Quand j'étais petite, j'imaginais l'amour main dans la main sur un chemin. C'est ce chemin qui m'a conduit vers ton cœur.

Louis: Marie, tu m'as montré qu'aimer donne une vraie direction à la vie.
Marie: Louis, en répondant toujours présent, tu m'as appris que la confiance est quotidienne et naturelle.
Louis: Je m'engage à construire notre avenir et à partager tous mes lendemains avec toi.
Marie: Je m'engage à construire notre avenir et à partager tous mes lendemains avec toi.

Annabelle et Samuel ont construit une déclaration plus détaillée:
Annabelle: La première fois que je t'ai vu, tu m'as beaucoup plu et tu m'as fait rire aux larmes. Nos chemins se sont ensuite éloignés pendant trois ans. En vous retrouvant, toi et ton humour, j'ai senti une force et une assurance que je n'avais pas eu le temps d'explorer chez toi. Au-delà de la joie qui émanait de toi, tu avais un charme rassurant et intrigant. Depuis que je t'aime, je sais que je veux construire avec toi un amour, une famille et une vie. Samuel, à partir de cet instant, je m'engage à rester à tes côtés en toutes circonstances, à partager tes ombres et ta lumière et à t'offrir le meilleur de moi-même.
Samuel: Je ne distingue plus très bien notre première de notre deuxième rencontre tant elles avaient ce même goût sucré nouveau pour moi. Je me souviens juste que je ne me suis pas méfié et que j'ai repris ma vie comme si de rien n'était. Trois ans plus tard, en te retrouvant, ce goût m'est revenu tout de suite et j'ai su que je ne devais plus te laisser partir. Tu es la vie qui me réveille, tu es le calme qui m'apaise, je t'aime le jour comme la nuit. Annabelle, à partir de cet instant, je m'engage à rester à tes côtés en toutes circonstances, à partager tes ombres et ta lumière et à t'offrir le meilleur de moi-même.

Marie et Marc se sont adressés à l'assistance:
Après avoir remercié les personnes présentes à la cérémonie, Marc et Marie déclarent à tour de rôle la nature de leur engagement.

Marc : Nous réunissons aujourd'hui deux familles très différentes qui nous ont, sans le savoir, probablement élevés pour aboutir à la création de la nôtre.
Marie : À vous tous qui nous accompagnez aujourd'hui, Marc et moi voulons vous remercier pour votre présence, pour votre aide et votre affection au cours des mois qui nous ont conduits à cette journée. Nous nous efforcerons désormais d'être à vos côtés comme vous avez su l'être aux nôtres.
Marc : Marie, en joignant mon destin au tien, je t'offre tout ce que je suis et tout ce que je deviendrai. Acceptes-tu d'être ma femme ?
Marie : Oui !... Marc, en joignant mon destin au tien, je t'offre tout ce que je suis et tout ce que je deviendrai. Acceptes-tu d'être mon mari ?
Marc : Oui !...

Corinne et Rodolphe ont retenu un florilège de citations :
Corinne : « Réussir un mariage, c'est accepter de vivre avec une autre personne, sans vouloir la changer. »
Rodolphe : « C'est comprendre que certains jours on est perdant quand certains autres, on est gagnant. »
Corinne : « C'est me rendre compte que je ne te connaîtrai jamais entièrement. »
Rodolphe : « C'est être capable de vivre avec tes faiblesses et tes forces. »
Corinne : « C'est éviter le calcul dans le partage des tâches, de soi et de l'argent. »
Rodolphe : « C'est te démontrer et te faire savoir que tu es grande et importante. »
Corinne : « C'est savoir me taire pour t'écouter quand tu as besoin de communiquer ta joie ou ta peine. »
Rodolphe : « C'est te faire confiance et croire en ta sincérité. »
Corinne : « C'est accepter l'imprévisible et apprendre à gérer l'inconnu. »

Rodolphe : « C'est renégocier ensemble chacune des étapes de la vie. »
Corinne : Rodolphe, veux-tu être mon mari ?
Rodolphe : Oui !... Corinne, veux-tu être ma femme ?
Corinne : Oui !...

Des citations plus courtes peuvent nourrir un dialogue plus bref. Une seule phrase empruntée peut suffire si elle exprime vos sentiments. Vous pouvez aussi l'inclure dans vos propres mots.

Camille et Georges

Pour Georges, la houppah *était nécessaire à son mariage. Pour Camille, c'étaient les arbres du jardin de sa mère. Aucun n'était très attaché à sa religion ; en revanche, ils souhaitaient une cérémonie bien ordonnée. Les proches assis en rang, leur meilleur ami comme officiant, en grande tenue, ils se sont mariés à leur façon.*
Camille est arrivée, calmement, de derrière les framboisiers en jupon de papier. On aurait dit une fée. Andrew, l'ami de toujours, a introduit : « Nous allons assister au mariage de Camille et de Georges. Ils ont choisi ce jardin, votre présence et la liberté de s'offrir l'un à l'autre sans autre témoin que notre bienveillance. Je ne vais pas les marier officiellement, mais les accompagner, parce que je crois à ce qu'ils ont choisi et que je les aime tendrement. »
Les papas se sont succédé pour soutenir le choix de vie commune de leurs enfants et leur souhaiter bonne chance dans cette aventure.
En hébreu, un jeune neveu a récité les sept bénédictions traditionnelles du mariage juif. Les grand-mères pleuraient d'émotion, la mariée se retenait, et les mères à grand-peine... Une petite nièce en robe de papier a pris le bouquet des mains de la mariée et leur a tendu les alliances. Ils se les ont offertes, puis Camille a enchaîné : « Je t'aime

parce que je te sens plus fort que moi. Je t'aime parce que tu comprends ce qui m'anime. Je t'aime parce que tu me défies et tu ne me laisses jamais me désoler. Je t'aime parce que j'ai traversé le monde pour te trouver et je ne veux plus te quitter. Georges, veux-tu être mon mari ? – Oui ! Camille, j'aime que tu sois venue jusqu'à moi et j'aime que tu sois restée avec moi, si loin des tiens. Je veux te regarder grandir, tu me surprends et tu m'entraînes. J'aime me réveiller à côté de toi, j'aime ton énergie et ta beauté. Je veux te faire la cuisine (il est très bon cuisinier) et rester près de toi. Veux-tu être ma femme ? – Oui ! »

Les tantes hululent, les amis s'exclament de joie. On renifle, on se détend. Les mamans clôturent la cérémonie : une bénédiction juive pour l'une, un hymne à la nature et à ses symboles de vie et de bonheur pour l'autre. La marraine de Camille entonne un chant népalais lancinant, on hésite entre fou rire et recueillement. Ce sont les risques et les joies du métissage culturel.

Myriem et François se sont respectivement inspirés d'une citation d'André Maurois et de Jacques Salomé :

François : « Un mariage heureux est une longue conversation qui semble toujours trop brève. » Myriem, c'est avec ces mots que je souhaite commencer le dialogue de notre vie mariée. Simplement, directement, honnêtement, tendrement et fidèlement.

Myriem : « Dans un couple, peut-être que l'important n'est pas de vouloir rendre l'autre heureux, c'est de se rendre heureux et d'offrir ce bonheur à l'autre. » François, ton bonheur et ton énergie m'entraînent dans un monde plus vaste que le mien. Je souhaite que nous veillions l'un et l'autre à préserver ce que nous sommes pour continuer à échanger le meilleur de nous-mêmes.

François : Myriem, veux-tu être ma femme ?

Myriem : Oui !... François, veux-tu être mon mari ?

François : Oui !

Fanny et Hervé ont choisi de s'offrir l'un à l'autre par une déclaration d'engagement volontaire :
« Je veux être ton mari (ta femme) pour les jours et les années à venir. Je m'engage à t'accompagner dans tes bonheurs, à te soutenir dans les épreuves, à grandir à tes côtés et à veiller sur notre famille. Je te laisserai m'apprendre tout ce que tu sais et me transmettre ta force et ta quiétude. Par cet anneau, je t'offre mon cœur, mon esprit et mon corps. »

Arielle et Larry ont choisi une déclaration identique :
« Devant nos amis et nos familles réunies, je m'engage sans réserve et sans contraintes à t'aimer et à te respecter, à t'écouter et te choyer. Je t'aime, j'ai besoin de toi et je bénis le ciel de t'avoir rencontré(e). Je serai pour toi un(e) époux (épouse) fidèle et attentif (ve), et ferai tout pour entretenir notre amour. »

Soyez personnels et osez dire, sans pudeur, ce qui vous attache l'un à l'autre. La meilleure façon d'inventer vos vœux de mariage est la vôtre. Ces exemples peuvent vous guider ou vous orienter. C'est votre imagination qui, le plus simplement, vous inspirera les mots à y glisser. Ne doutez pas de vous, c'est un cadeau que vous faites à quelqu'un de très cher. Si vos vœux sont sincères, vous en serez fiers aux yeux de l'autre. Et ce jour-là, seul son regard compte.

Le mariage à durée déterminée

La wicca est une religion païenne qui tire ses origines du chamanisme. Le mariage wicca peut être célébré pour la vie, ou pour un an et un jour. Se marier pour une durée déterminée, c'est créer un contexte sacré pour laisser croître et embellir la relation amoureuse. On se laisse aussi l'opportunité de se quitter. Ainsi un couple de wiccas américains s'est offert le jour de son mariage un billet d'avion pour une destination lointaine et différente, valable pendant un an. L'histoire ne dit pas s'ils se sont envolés chacun de leur côté ou ensemble...

2

LA CÉRÉMONIE

Le déroulement de la cérémonie

Voici, à titre indicatif, les étapes qui peuvent constituer une cérémonie. Elles peuvent être complétées, simplifiées ou permutées. Prévoir chaque étape à l'avance permet de s'assurer que rien ne sera oublié dans le feu de l'émotion. Le rôle du maître de cérémonie est de veiller à leur bon déroulement.

L'introduction

• **Signal du début**: Insérer un morceau de musique, un chant, un instrument joué, un son de cloche ou de gong ou encore allumer une bougie permet de signaler l'imminence du début de la cérémonie. Les invités gagnent leur place à moins qu'ils n'entrent en procession derrière les mariés.

• **Procession**: C'est l'arrivée des mariés. L'un peut attendre l'autre ou les deux arriver ensemble ou séparément, seuls ou accompagnés.

• **Positionnement**: Les acteurs de la cérémonie, l'officiant, les témoins s'il y en a, les enfants, les mariés, les parents, voire le chien: chacun prend sa place autour des mariés.

La célébration

• **Bienvenue**: En général c'est l'officiant, le maître de cérémonie, qui accueille les mariés et les invités. Certains mariés préfèrent le faire eux-mêmes. Un mariage est un instant de partage. En mentionnant les invités à la cérémonie, vous leur signifiez que leur présence est importante pour vous.

L'officiant à l'entourage : « Bienvenue et merci d'avoir accepté d'être les témoins du mariage de ....et..................»
L'officiant au couple : « Bonjour et bienvenue.................. et.................., vous êtes aujourd'hui entourés par vos familles et vos amis réunis pour partager cette cérémonie avec vous. »
Les mariés à l'assistance : « Nous souhaitons avant tout remercier chacun ici présent d'être venu partager ce moment unique pour nous. Nous sommes heureux d'être entourés par tous ceux que nous aimons. »
Isabelle et Laura ont introduit leur mariage en expliquant pourquoi elles tenaient à consacrer leur amour au cours d'une cérémonie formelle. Elles en ont profité pour remercier leur entourage de leur ouverture et de leur soutien.
Certains profitent de l'introduction pour mentionner également ceux qui n'ont pas pu être présents à la noce comme ceux, trop tôt disparus, que le couple porte dans son cœur en ce jour.

• **Intention** : L'officiant décrit l'état d'esprit des mariés et celui dans lequel ils ont conçu leur cérémonie. Il rappelle combien l'engagement qui va être pris par le couple est pour eux sacré. C'est la première étape, elle est solennelle : cette annonce est le socle de la célébration, elle livre la profondeur du projet de vie à deux. Lorsque ce rituel sera achevé, les membres de l'assistance sentiront véritablement qu'ils ont assisté à la sacralisation d'un mariage.
L'officiant : « Mes amis, ce matin, deux vies vont se rejoindre pour emprunter un chemin commun. Nous sommes réunis ici pour unir.................. et.................. par les liens du mariage. C'est un moment de joie dont vous serez les témoins. C'est votre présence aussi qui rend cette cérémonie sacrée. »

• **Invocation** : C'est le moment traditionnel de la prière qui bénit l'union à venir. Ce peut être une prière, un texte lu, une déclaration faite par les parents ou les amis. Plusieurs personnes peuvent intervenir successivement. Certains font référence à une force supérieure, à Dieu, à une déesse, à la nature, aux éléments ou à toute autre forme d'esprit qui leur convient. Il n'est pas obligatoire d'avoir recours à l'invocation, mais cela donne une tonalité plus spirituelle à la cérémonie. Vous pouvez choisir d'inclure une prière traditionnelle, choisie dans une religion particulière, même si le reste de la célébration prend un autre chemin par la suite.

Rituels : Ce sont les rituels qui rendent palpable le passage d'un état à un autre. Les mots de la cérémonie doivent être complétés par des actions concrètes : que vaut une parole qui n'est pas suivie de gestes ? Les symboles de mariage que vous aurez choisis peuvent alors se succéder ou s'intercaler avec des déclarations.

Vœux : Le moment est venu d'échanger vos promesses et déclarations.

Alliances : Tous les couples ne choisissent pas d'échanger des alliances : certains s'en tiennent à un échange de poèmes, d'autres s'offrent un objet, une fleur, un bracelet, un ruban. L'alliance est un signe universel de reconnaissance d'un homme ou d'une femme mariés mais il n'a aucun caractère obligatoire. Parfois un seul des mariés y tient. À chacun d'accepter le choix et le désir profond de l'autre.

La conclusion

- **Pour finir,** l'officiant peut vous déclarer mariés, ce peut être une bénédiction, un baiser des époux, l'annonce de ce qui suivra la cérémonie ou tout cela à la fois.

- **Sortie :** On peut lâcher des colombes, des ballons de toutes les couleurs, des pétales de rose, des cœurs en papier… Il est courant de voir les mariés précéder leurs invités en musique. Les félicitations et embrassades coutumières peuvent se tenir sur le lieu même de la cérémonie, ce sont les invités qui se dirigent alors vers les mariés. Pensez simplement que tous voudront partager votre joie et que vous allez recevoir beaucoup d'attentions à ce moment-là, prévoyez-le pour éviter trop de confusion.

La symbolique des formes pour disposer vos invités

Le cercle

Le cercle est le symbole du Un, de la totalité. Signe de l'unité et de l'harmonie, c'est la forme la plus pure, symbole du ciel cosmique, du monde spirituel, invisible et transcendant. Dans le bouddhisme zen, on trouve souvent des dessins avec des cercles concentriques qui symbolisent les étapes du perfectionnement intérieur, l'harmonie progressive de l'esprit. Le cercle représente pour eux l'illumination, la perfection de l'homme en union avec le principe originel.

Le cercle ne connaît ni début ni fin, il n'a ni direction ni orientation. On peut interpréter une ronde comme un cercle dansé… Dans les rites magiques, le cercle a pour fonction d'écarter les mauvais esprits : lors des cérémonies, on ne le franchit pas sous peine d'extrême danger. Le cercle, combiné au carré, évoque le mouvement, le changement.

Le carré

À l'inverse du cercle, le carré représente le monde terrestre, humain et matériel. Il rassemble dans une limite. Il permet à l'homme de s'orienter dans l'espace, de se poser. Le chiffre 4 correspond à la stabilité. Beaucoup d'espaces sacrés épousent la forme quadrangulaire : le carré préside au plan de nombreux temples qui, par leur architecture en étages, sont censés correspondre à la montagne cosmique. En France et en Grande-Bretagne, les églises cisterciennes sont carrées.

Souvent, le carré s'inscrit dans un cercle. Ainsi, les mandalas indiens associent le cercle au carré, formant une figuration harmonieuse de l'unité. Platon considérait le cercle et le carré comme étant absolument beaux en soi. Le carré est une figure de l'espace, le cercle une figure du temps. Parce que le carré s'inscrit dans le cercle, on dit que la terre est dépendante du ciel.

Le triangle

Le symbolisme du triangle recouvre celui du chiffre 3. Ici, l'on évoque la Trinité chrétienne ; là, celle des trois dieux hindous,

Brahma, Shiva, Vishnou; là, celle du ciel, de la terre et de l'homme… Alchimiquement, le triangle est le symbole du cœur. Un triangle avec la pointe en haut symbolise le feu et le sexe masculin. La pointe en bas symbolise l'eau et le sexe féminin. Le sceau de Salomon est composé de deux triangles inversés, symbolisant la sagesse humaine.
Le philosophe Xénocrate (- 300 av. J.-C.) qualifiait le triangle équilatéral (dont les trois côtés sont égaux) de « divin », le triangle isocèle (dont deux côtés sont égaux) de « démoniaque », et le triangle scalène (triangle quelconque, inégal) d'« humain », au sens d'imparfait.

La bénédiction

La bénédiction signifie un transfert de forces. Bénir veut dire sanctifier, rendre sain par la parole. Placer sa main dans celle d'autrui, c'est remettre sa liberté, ou plutôt choisir de la confier. C'est abandonner sa puissance. C'est partager.

Fiona et Sébastien

- *Matériel nécessaire :*

Un autel, une bougie protégée du vent, des allumettes, un gong, une petite carafe de vin, une timbale, un pain enveloppé dans un tissu, un couteau à pain, les alliances sur un petit plateau, deux paniers contenant autant de foulards que de personnes présentes. Les textes choisis par les mariés. Des mouchoirs pour les émotions…

- *Personnes actives au cours de la cérémonie :*

Les mariés, leurs parents et leurs frères et sœurs.
Marc, le maître de cérémonie, ami des mariés.
Un flûtiste.

- *Déroulement :*

Marc allume une bougie placée sur l'autel et fait signe au musicien présent de commencer à jouer. Un morceau de

flûte, qu'il soit zen, soufi, classique ou blues, est toujours très bucolique. L'ambiance est donnée.
Fiona et Sébastien rejoignent ensemble leurs amis, réunis devant l'autel, au son de la musique. Ils se placent derrière la table en pierre, installée sous le grand arbre du jardin, face à leurs invités. Leurs parents et frères et sœurs se disposent à leurs côtés.
Marc : *« Nous, proches et amis de Fiona et Sébastien, sommes réunis ici pour la première cérémonie (la célébration à la mairie suivait dans l'après-midi) de cette magnifique journée de mariage. Nous allons ouvrir ce jour par un moment de paix et de recueillement avec les fiancés. Cela sera aussi un moment de prière, de méditation et de gestes partagés. Dieu est une affaire personnelle et chacun de nous peut être prêtre, rabbin, lama ou chaman : il suffit de s'ouvrir au mystère qui est en nous, au mystère de la vie. Aujourd'hui, ce sont les parents de Fiona et Sébastien qui seront les hiérophantes (prêtres) de cette cérémonie, et nous tous, leurs assistants. »*
Marc, les parents et les mariés échangent des salutations, les mains jointes sur le cœur. (Les salutations peuvent se faire d'un signe prononcé de la tête, par une accolade, en penchant légèrement le torse vers l'avant, etc.)
Trois coups de gong. Les parents de Sébastien lisent des citations extraites des Proverbes de Salomon.
Le père du marié : *« Sois loué, Éternel, notre Dieu, Roi de l'univers, qui nous as conservé la vie jusqu'à ce jour, et nous as fait la grâce d'atteindre l'époque de cette fête solennelle. »*
La mère du marié : *« Qu'il vive dans la joie avec la femme qu'il épouse dans sa jeunesse. »*

Un coup de gong. La mère de la mariée lit un poème de sa composition, le père improvise une déclaration sur l'aventure du mariage et bénit l'union de Fiona et Sébastien.

Un coup de gong.

Marc : *« Nous allons à présent partager le pain et le vin. Dans de nombreuses traditions, le pain est le symbole même de la nourriture substantielle et spirituelle. C'est la substance même du partage. »*

Il prend le pain posé sur l'autel, en rompt un morceau pour chacun, puis en mange un lui-même. Le flûtiste joue pendant cette étape.

Marc : *« Partageons à présent le vin, le sang de la terre et du ciel, breuvage de vie. »*

Il verse du vin dans une timbale et la tend à Fiona qui la passe à Sébastien, puis aux parents et, enfin, retour à Marc. Chacun en boit une gorgée.

Un coup de gong.

Marc : *« Les parents vont à présent bénir les anneaux de ce mariage. »*

Ils s'approchent tous les quatre de l'autel et superposent leurs mains au-dessus des alliances. Cette bénédiction est silencieuse.

Les mariés s'avancent.

Sébastien : *« Fiona, acceptes-tu d'être ma femme et de recevoir tout l'amour que j'ai à te donner ? »*

Fiona : *« Oui ! »*

Il lui passe l'alliance au doigt.

Fiona : *« Sébastien, veux-tu être mon mari pour la vie ? »*

Sébastien : *« Oui ! »*

Elle lui glisse l'alliance à son tour. Ils s'embrassent.

Un coup de gong.

Marc : *« Dans toutes les traditions provençales qui entourent l'acte sacré du mariage, Fiona a choisi le rite provençal des foulards. Que ce moment soit celui de l'accolade et du baiser de paix. À l'exemple des mariés, que chacun offre son foulard et embrasse son voisin. »*

Les sœurs des mariés circulent avec des paniers remplis de foulards de mousseline blanche parmi les invités. Chacun en reçoit un, puis le passe à son voisin en l'embrassant. Les foulards passent ainsi de l'un à l'autre. Fiona et Sébastien s'échangent les leurs. Un coup de gong.
Marc : « Pour clore cette cérémonie, Fiona et Sébastien vont lire chacun un texte. Deux textes qui se répondent. »
Fiona lit le texte de Khalil Gibran sur le mariage.
Sébastien lui répond par un texte de Pierre Desproges.
Marc clôture la cérémonie par trois coups de gong. Le musicien reprend un morceau de flûte pendant que les amis convergent vers les mariés pour les féliciter.

Préférer un lieu

Toutes les religions n'imposent pas qu'un mariage se déroule dans un lieu de culte. Que le mariage soit traditionnel ou non, vous serez amenés à choisir l'endroit qui vous convient le mieux : votre choix peut être guidé par la proximité géographique, la tradition familiale, la capacité d'accueil, la facilité d'accès, l'envie d'originalité, la valeur sentimentale ou le charme d'un endroit. L'important est qu'il vous plaise.
Un lieu reflète une atmosphère et apporte sa note à une cérémonie. Il peut être intime, chaleureux, solennel, imposant, ouvert, spectaculaire, champêtre, naturel, inattendu, confortable, symbolique, ou même politique. Tous ces critères se déclinent en fonction des mariés.
En optant pour un lieu privé (maison, jardin, restaurant…), vous êtes assurés d'être libres de vos mouvements. En revanche, si vous choisissez un lieu public (parc, forêt, hall d'un musée, place de la mairie, catacombes…), vérifiez à l'avance que vous avez l'autorisation d'être présents. Si vous en doutez, n'hésitez pas à demander cette autorisation à la mairie, il y a peu de chances qu'on vous la refuse. Veillez surtout à préférer un lieu qui vous garantisse de l'intimité. L'émotion et la concentration vont de

pair. Une cérémonie de mariage n'est pas un spectacle, mais attire toujours les passants : le bonheur attire comme un aimant. L'heure de la cérémonie peut vous garantir la tranquillité. Tôt le matin, les badauds sont peu nombreux, les promeneurs encore chez eux et le soleil déjà levé. En fin de journée, les baigneurs sont rentrés des plages, les enfants ont quitté les parcs et les randonneurs sont arrivés à destination.

Prenez en compte la force et la beauté d'un paysage. Laissez la nature offrir ses propres symboles. Un mariage au petit matin bénéficie de la promesse de l'aube. Une cérémonie au crépuscule est empreinte de calme et d'apaisement. Le soleil, le vent, la nuit ou la mer peuvent jouer un rôle à part entière et contribuer à colorer cette journée unique.

• **Patricia et Pascal** ont choisi une église de leur quartier pour se marier. Pourtant, ni l'un ni l'autre ne participent aux offices religieux et elle n'est pas baptisée. Ils sont allés trouver le prêtre de la paroisse et lui ont fait part de leur désir. Il a accepté de bénir leur union car leur désir était sincère et fort.

• **Christina et Josh** ont vécu leur premier week-end en amoureux à Ronda en Espagne. Leurs familles sont éparpillées, de la Suède aux États-Unis. Quitte à déplacer tout le monde, ils ont choisi de retourner sur les lieux de leurs premiers émois. La cérémonie s'est déroulée dans la salle d'un restaurant surplombant la falaise d'un canyon célèbre dans le monde entier pour son panorama vertigineux.

• **Pauline et Martin** se sont mariés à La Réunion, berceau de leurs familles respectives. À 7h45 précises, tous les invités se sont retrouvés sur une montagne à trois mille cinq cents mètres d'altitude. Chaussures plates et souffle sportif pour tout le monde. À 8h15, les voiles du brouillard qui les entouraient se sont doucement dissipés, révélant la beauté des sommets à perte de vue. Chacun a rendu un hommage silencieux et recueilli. La cérémonie pouvait commencer.

• **Françoise et Jean-Marc** ont repéré un champ à un kilomètre de chez eux. Au centre, un gigantesque chêne trônait. La procession a débuté à la maison. Joyeusement, les mariés ont mené leurs amis sous l'arbre élu. Une table y avait été installée en guise d'autel. La cérémonie s'est déroulée debout, à l'ombre de l'arbre, un doux après-midi d'été. Le paysan avait, bien entendu, donné son accord.

• Ils ont hésité entre le salon et le jardin, mais la météo incertaine a décidé pour eux. Les meubles poussés contre les murs, l'espace semble suffisant pour accueillir tout le monde. Pour **Laetitia et Arthur**, cette maison symbolise leur vie ensemble, leur engagement et leur avenir. C'est là qu'ils ont choisi d'habiter et qu'ils souhaiteraient fonder une famille. À partir du moment où la cérémonie et la fête se déroulaient chez eux, ils étaient ravis.

Évaluer les prédispositions d'un lieu

Certaines considérations pratiques peuvent vous aider à évaluer la compatibilité d'un lieu avec votre cérémonie de mariage :

- Est-il accessible à tous ? S'il est relativement isolé, y a-t-il un itinéraire simple que vous puissiez flécher pour indiquer les lieux ?
- L'accès présente-t-il des dangers ?
- La taille du lieu correspond-elle au nombre d'invités ?
- Est-il possible d'asseoir des gens (pour une cérémonie assise) ?
- Est-il possible de jouer de la musique ?
- Est-il possible d'éclairer le lieu ?
- Est-il possible d'installer un autel ?
- Est-il possible d'installer à l'avance le matériel nécessaire à la cérémonie ?
- Est-il possible de faire brûler des bougies ou de l'encens ?
- Est-il possible à chacun d'entendre la cérémonie ?

- Est-il possible de faire respecter l'intimité de la cérémonie ?
- Est-il possible d'arriver en retard ? (Un mariage en mer, par exemple, ne permet pas aux retardataires de rejoindre le cortège.)
- Êtes-vous « parés » contre les aléas climatiques ?
- Les mariés auront-ils assez chaud – ou pas trop – dans leur tenue ?
- Y a-t-il un endroit où les mariés puissent attendre le début de la cérémonie à l'écart de leurs invités ?
- Y a-t-il des sanitaires à proximité ?
- Qui remettra le lieu en état après la cérémonie ?
- La fête et la cérémonie peuvent-elles avoir lieu au même endroit ?
- Est-il possible de garer des voitures à l'écart du lieu de la cérémonie ?

Ces détails d'organisation dépendent largement du type de cérémonie que vous aurez choisi. Si le lieu vous plaît coûte que coûte, c'est la cérémonie que vous adapterez aux contraintes. Il est plus facile de restreindre le nombre d'invités que d'agrandir une pièce ou la profondeur d'une grotte…

La valeur affective du lieu que vous élirez dépend de votre attachement à votre environnement. Il peut vous rappeler un moment passé ensemble, se trouver dans un endroit privilégié lié à votre enfance, ou être au contraire dénué de toute référence au passé, fût-il commun.

Le lieu peut aussi incarner vos aspirations de nouveauté. Il peut témoigner de vos passions et de vos habitudes ou tout simplement se trouver à proximité de l'endroit où vous allez recevoir vos amis. Ce peut être un lieu très simple et naturel de votre environnement habituel. C'est la décision de vous y marier qui lui donnera à jamais une dimension sacrée.

Guénola et Patrick

• ***Matériel nécessaire :***
Un autel, trois cônes d'encens disposés dessus, des pétales de rose, une bougie, des allumettes, les alliances confiées aux témoins.

• ***Personnes actives au cours de la cérémonie :***
Les mariés.
Un témoin du marié, un témoin de la mariée.
Marianne (cousine aînée de Guénola) et Léon (parrain de Patrick) officient.

• ***Déroulement :***
Marianne et Léon allument les cônes d'encens pour signaler le début de la cérémonie. Les invités sont assis sur des chaises, disposées en demi-cercle devant l'autel. Guénola et Patrick arrivent ensemble et se placent devant l'autel, face à leurs invités. Marianne et Léon se positionnent à leurs côtés, les témoins sont légèrement en retrait des mariés.
Marianne *: « Nous sommes réunis pour consacrer l'amour que Guénola et Patrick nourrissent l'un pour l'autre depuis deux ans. Léon et moi célébrerons ce mariage ensemble pour symboliser l'équilibre de leur relation et de la part masculine et féminine de chacun d'entre eux. »*
Léon *: « Guénola et Patrick vous remercient de l'amitié que témoigne votre présence. Leur amour et leurs projets communs sont à l'origine de leur désir de se marier. Nous en serons ici tous les témoins. »*
Marianne *: « Guénola, Patrick, vous m'avez demandé de parler des qualités qui vous semblent fondamentales pour le succès de votre relation. La première est le courage d'être vulnérable, de se montrer tel que l'on est et de s'accepter mutuellement. La seconde est la responsabilité et l'attention*

de tous les jours qui entretiennent la vitalité de la relation. La troisième est une communication ouverte, clé de l'honnêteté et du soutien. Vous souhaitez aussi maintenir votre humour et votre plaisir partagé à embrasser les merveilles de ce monde. Et, bien entendu, continuer à rire ensemble. C'est tout cela que vous vous engagez à alimenter au fil de ce mariage. »

Léon : *« L'union de deux individus implique la création de nouvelles frontières. Guénola et Patrick, sachez distinguer celles qui vous sont propres de celles qui délimitent le territoire de l'autre et de votre amour. »*

Marianne forme un cercle de pétales de rose autour des mariés qui se placent face à face.

Léon : *« Désormais face à face, que ce cercle protège votre intimité. Que l'intimité vous inspire la fidélité, et que la stabilité vous encourage à grandir. Ouvrez grand votre cœur pour y accepter l'autre avec joie et engagement. »*

Marianne : *« Vous estimez que ce mariage est une union spirituelle. Pour saluer la présence de l'esprit qui les a rapprochés, Guénola et Patrick vont allumer cette bougie. »*

Ils se tournent vers l'autel et, sans sortir du cercle, allument la bougie à l'aide d'une grande allumette.

Marianne : *« Que la flamme de l'amour inconditionnel brille de tous ses feux. »*

Léon : *« Marquons ici un moment de silence pour que chacun d'entre nous puisse honorer et bénir cette union. »*

Temps de silence.

Léon : *« Guénola et Patrick ne se marient pas pour satisfaire un simple désir. Ils se marient pour approfondir leur engagement à se connaître et pour grandir ensemble, tout en continuant à honorer leur participation et leurs engagements au sein de leurs communautés respectives. – Patrick, choisis-tu Guénola comme compagne pour partager sa vie avec*

ouverture, bienveillance et amour ? T'engages-tu à l'accepter telle qu'elle est et à respecter celle qu'elle deviendra ? Es-tu prêt à l'encourager, à la combler, et à la soutenir au cours des années que vous passerez ensemble ? »
Le témoin de Patrick lui passe l'alliance de Guénola.
***Patrick** : « Oui ! » et, en lui passant la bague au doigt : « Reçois cette bague comme gage de mon amour. »*
***Marianne** : « Guénola, choisis-tu Patrick comme compagnon pour partager sa vie avec ouverture, bienveillance et amour ? T'engages-tu à l'accepter tel qu'il est et à respecter celui qu'il deviendra ? Es-tu prête à l'encourager, à le combler, et à le soutenir au cours des années que vous passerez ensemble ? »*
Le témoin de Guénola lui passe l'alliance de Patrick.
***Guénola** : « Oui ! » et, lui passant la bague au doigt : « Reçois cette bague comme gage de mon amour. »*
Baiser des mariés.
***Léon** : « Patrick et Guénola, je suis heureux de vous proclamer, ici, devant vos parents et amis, mari et femme. »*
Guénola et Patrick quittent ensemble le cercle de pétales pour rejoindre leurs invités.

Distribuer les rôles

Dans la loi française, il est précisé qu'un mariage civil doit impérativement se tenir en présence de témoins. Deux au minimum, et huit au maximum. Leurs noms sont très officiellement consignés dans l'acte de mariage. Car le mariage est un consentement mutuel qui se déclare en public. Quand on se marie dans une chapelle de Las Vegas ou à Gibraltar – le mariage s'y achète sur catalogue –, il est possible de « louer » des témoins pour valider la cérémonie et donner leurs signatures.
À mi-chemin entre l'obligation et les considérations de décorum, se trouvent le charme et la symbolique de convier votre entourage

à vous accompagner dans ce rituel. Au-delà de la fonction de spectateurs bienveillants, des rôles actifs peuvent être distribués : choisir le maître de cérémonie dans votre entourage proche ; faire lire des textes à certains amis. Les talents des uns et des autres peuvent être mis à contribution : le chant, la musique, la parole, l'humour... Les enfants peuvent aussi participer : leur innocence apportera une note inestimable.

Les parents

Il est traditionnel de voir le père accompagner sa fille jusqu'à son promis et la mère arriver au bras de son fils. Une tradition qui illustre le départ de l'enfant vers sa nouvelle vie. Vous pouvez néanmoins imaginer d'autres configurations, plus proches de votre réalité :

• **Magda** s'est rendue à l'autel entre ses deux parents, pour les remercier, l'un comme l'autre, de leur amour.

De plus en plus de couples souhaitent signifier qu'ils se marient librement et chacun des mariés marche seul à la rencontre de l'autre. Dans ce cas, d'autres rôles peuvent être confiés aux parents.

• Le père de **Pénélope** a tenu, au cours de son mariage œcuménique, à rappeler l'importance qu'il accordait à la tradition religieuse. Il s'est posé en garant des valeurs de la lignée en lisant une prière. Il a été le seul ce jour-là à parler religion. C'était important pour lui de le faire et Pénélope souhaitait ainsi rendre hommage à l'éducation religieuse qu'elle avait reçue, bien qu'elle n'ait pas choisi d'en observer les rituels pour son mariage.

• Les parents de **Carla et** de **Léon** se sont rejoints pour bénir les alliances du couple, en silence. Ils ont superposé leurs mains, tous les quatre, et se sont recueillis. Les mariés voulaient ainsi symboliser la réunion des deux familles et les parents manifestaient ainsi leur joie devant cette union.

• La femme du père de **Nathan** a tenu à confectionner elle-même le pain partagé lors de la cérémonie. Elle y a glissé des pièces porte-bonheur pour les mariés. Nathan a demandé à sa mère de le rompre et de le distribuer. En associant ces deux femmes autour du symbole du partage, il a voulu rendre hommage à l'importance que chacune a pour lui depuis tant d'années et à leur témoigner sa tendresse.

Les « parents », ce sont aussi les frères et sœurs, les cousins, les oncles et tantes, les grands-parents, et parfois même les enfants.

• Les quatre frères de **Sonia** ont construit, de leurs mains, l'auvent de bambou qui allait abriter le consentement de leur petite sœur.

• **Camille** a prié son neveu de onze ans de lire un poème écrit par son fiancé. Les alliances ont été cérémonieusement apportées par sa jeune nièce de huit ans.

Les amis

Là aussi, tout est à imaginer : au cours de notre vie, nous élisons chacun une « garde rapprochée » d'amis qui représente notre famille de cœur. Ceux-ci peuvent aussi remplir les fonctions traditionnellement attribuées aux parents.

• **Céline et Eric** ont placé quatre de leurs amis aux quatre coins de la clairière. Le premier symbolisait l'eau, le second le feu, le troisième la terre et le quatrième l'air.

• **Virginie et Pierre** n'ont invité que six de leurs amis à assister à la cérémonie, très privée, de leur mariage. Le comité était restreint mais c'était pour le couple une assemblée vitale. Ils avaient tout partagé avec eux avant de se connaître, et voulaient ainsi les assurer que leur mariage ne les éloignerait pas de la « bande ».

• **Delphine et Karim**, très attachés à la notion d'équilibre de leur couple, ont opté pour deux officiants. Leurs meilleurs amis respectifs, un homme et une femme, pour symboliser leur complémentarité et le respect de leurs vies et de leurs goûts mutuels.

• La *houppah* sous laquelle s'est déroulé le mariage était portée par quatre amis de **Rafaelle et Aymeric**, leurs « piliers de l'amitié ».

• Au mariage de **Pénélope et Fred**, c'est Bonnie, la meilleure amie de la mariée, qui a clos la cérémonie par un texte personnel. Fred ne se souvient pas de tout ce qu'elle a dit mais se rappelle très bien l'émotion de sa femme qui pleurait à chaudes larmes à ce moment précis. Ils ont conservé tous les textes de la cérémonie dans un album, il les relira un jour…

Un plus grand nombre d'amis peuvent aussi participer indirectement :

• **Audrey et Boris** ont affiché à l'entrée de la maison des photos d'eux avec leurs familles et leurs amis. Des photos récentes, d'autres plus anciennes. Ils les ont légendées pour que tous puissent se reconnaître. Pour faire connaissance de façon informelle…

• **Margot et Émile** ont envoyé un morceau de papier à lettres vierge à tous leurs invités. Ils leur ont demandé de leur offrir un dessin, de coller une photo ou de leur écrire un mot à l'occasion de leur mariage. Ils ont ensuite fabriqué un collage réunissant tous ces encouragements, gags et autres clins d'œil. Pour animer le mariage civil, ils ont affiché les panneaux du collage dans la salle des mariages de la mairie du village. Chacun les a lus en attendant. L'ambiance était donnée.

Plus l'entourage est amené à être acteur, plus la cérémonie est chaleureuse et plus les émotions sont partagées.

Quel jour se marier ?

Autrefois, le mariage catholique ne pouvait être célébré pendant de nombreuses périodes de l'année (de la période de l'Avent à l'Épiphanie, pendant le Carême...).

Aujourd'hui, l'Église catholique ne célèbre pas de mariage les Vendredi et Samedi saints en souvenir de la Passion. Ne pas se marier pendant le mois de mai est une tradition venue de l'astrologie païenne, jadis « christianisée » par le « mois de Marie » : depuis les lois romaines qui interdisaient de se marier en mai et les jours fériés, on a attribué au mois de mai une influence néfaste sur les mariages célébrés à cette époque. De même, le mois de novembre, dédié aux morts, n'est pas un mois jugé faste.

• En Écosse, comme hier dans la Rome antique, le mois de mai n'est pas non plus considéré comme un mois de chance pour s'unir. Les Écossais préfèrent le 1er janvier, date réputée idéale pour débuter une entreprise. De ce fait, c'est une date favorable pour se lancer dans l'aventure d'une vie conjugale.

• En Provence, le chiffre 9 portait malheur : on ne se mariait jamais un 9, un 19 ou un 29 du mois. « Le 9 porte deuil. »

• Chez les orthodoxes, le mariage est souvent célébré le dimanche après-midi, en dehors du Carême et de la période entre Noël et l'Épiphanie. On évite le mercredi – ce jour porte malheur – et le vendredi – jour de la mort du Christ – ainsi que les veilles de fête.

• Chez les chrétiens anglo-saxons, jadis, chaque jour avait une signification. Un mariage célébré le lundi apporte l'abondance, un mardi la santé, le mercredi est considéré comme le meilleur jour, le jeudi pour les perdants, le vendredi un jour de compromis, quant au samedi, ce jour n'apporte vraiment aucune chance.

• En Orient, on consulte les thèmes astraux des deux époux avant de déterminer la date la plus propice.

• Chez les juifs, on ne peut théoriquement pas célébrer le mariage le jour du sabbat ou les jours de fête, selon l'injonction biblique de « ne pas mêler deux joies ». Il serait devenu populaire de célébrer les mariages le mardi, considéré comme un jour de chance.

• Chez les Touareg, la période de la pleine lune est considérée comme de bon augure.

• Enfin, chez les Chinois, la date du mariage est déterminée en recherchant la bienveillance des astres... Ainsi, par exemple, la fête de la Lune, début octobre, promet longévité et fécondité aux amants... On privilégie également pour la date fatidique les jours pairs en évitant le 4, dont le mot en chinois est homophone de « mort ». Certains osent le 9, homophone de « longtemps ».

Le Feng Shui du mariage

Le Feng Shui est un phénomène de plus en plus à la mode aux États-Unis et en Europe. Il s'agit d'une pratique mystique chinoise, vieille de trois mille ans, dont les applications, liées aux vibrations énergétiques des lieux, facilitent aussi bien les rentrées d'argent que l'amour, la santé ou encore la reconnaissance... Pour un mariage, ne pense-t-on pas à tout cela à la fois ?

Dans la pratique, un maître feng shui se rend dans une maison, un commerce, un bureau ou sur un terrain et donne son avis sur les aspects favorables du lieu. Si l'espace présente des défauts énergétiques, il les corrige par le choix de nouvelles couleurs, par la réorientation du mobilier, par l'emplacement de certains objets et la présence de quelques « grigris ». Si le Feng Shui ne prévoit pas de recommandations spécifiques pour un mariage, vous pouvez néanmoins tenir compte de certains de ses critères pour favoriser le lieu de votre cérémonie.

Certains lieux bénéficient naturellement de qualités énergétiques objectives. Quels sont les points communs entre la maison où l'on se sent bien, le mur contre lequel on aime s'appuyer, et l'endroit préféré du jardin ? Un bon Feng Shui. Si vous êtes libres de sélectionner l'endroit précis de votre mariage, vous pouvez appliquer certaines règles.

L'emplacement

Pour une cérémonie à l'extérieur, le terrain idéal est légèrement en pente. Le haut du terrain est bordé par une rangée de collines rondes, un bosquet ou un bâtiment qui « protège » vos arrières. Le bas du terrain est parcouru par une rivière ou un cours d'eau claire, porteur d'énergie vitale. Dans la maison, choisir une pièce au sud-est du bâtiment.

Les directions

Le Feng Shui attache beaucoup d'importance à l'influence des points cardinaux. Les directions favorables se calculent à partir de la date de naissance de chacun (voir tableau p. 160). On place alors l'autel face à la direction favorable à celui des deux mariés qui contribue le plus financièrement à la vie de la famille. La technique étant ancestrale, elle n'a pas intégré le fait que de nombreux couples participent à part égale à la vie quotidienne. La solution sera alors de panacher les symboles : la direction favorable à l'un avec les couleurs favorables à l'autre.

Les éléments

La date de naissance donne aussi des indications sur les éléments propices à l'épanouissement de chacun. À chaque élément, le métal, l'eau, le feu, le bois et la terre, correspondent des matières et des couleurs :

- **Le métal** : le blanc et les couleurs métalliques, l'or et l'argent.
- **L'eau** : le bleu et le noir, des vagues et des gouttelettes.
- **Le feu** : le rouge, l'orange et le jaune vif, des formes pointues et triangulaires.
- **Le bois** : le marron et le vert, des fleurs et des plantes.
- **La terre** : le beige et le jaune clair, des formes carrées.

Dans le cycle productif incessant de la planète, les maîtres considèrent que l'eau nourrit le bois, le bois nourrit le feu, le feu nourrit la terre, la terre nourrit le métal, qui nourrit l'eau, etc.

Pour une noce fastueuse, choisissez une décoration de l'élément qui nourrit le vôtre. Pour une cérémonie plus paisible, privilégiez votre propre élément. Le lieu de la cérémonie peut ainsi être décoré selon les couleurs bénéfiques à l'un des mariés et celui de la fête selon celles bénéfiques à l'autre. Ne mélangez pas les symboles, mais alternez-les pour activer vos chances de réussite.

L'amour

Certains objets et symboles contribuent à la chance des amoureux. Si vous optez pour un autel construit avec des pierres, nouez-y un ruban rouge. Disposez sur l'autel ou dans l'aire de la cérémonie des objets en double. Deux cœurs rouges, la représentation de deux canards ou deux paons, symboles de la félicité conjugale. Le bouquet de pivoines est aussi très symbolique d'amour et, au mois de mai, c'est une fleur de saison. Les cristaux dans lesquels se reflète le soleil font aussi partie des « activateurs » du mariage.

Le foyer

Le Feng Shui a surtout été conçu pour optimiser l'influence d'une habitation. Il est plus productif d'y avoir recours pour « booster » les énergies de la maison où se déroulera votre vie conjugale. Cela se fait par l'intermédiaire d'un expert en Feng Shui qui visite les lieux et vous en fait un commentaire averti avec des solutions d'amélioration à la clé en cas de lacunes. Il existe aussi des livres spécialisés.

Jamais sans mes enfants

En termes d'émotion, les interventions des enfants remportent la palme. Car il n'est plus exceptionnel de se marier en présence de ses propres enfants. Les familles prennent aujourd'hui les formes les plus diverses et un mariage transforme des liens relationnels en liens familiaux : en devenant époux, on devient parfois beau-père ou belle-mère en même temps.

Les enfants peuvent être inclus dans le rituel de plusieurs manières. Le plus important est de veiller à ce que leur intervention soit adaptée à leur âge, qu'ils comprennent le sens de ce qu'ils font et qu'ils ne s'y sentent pas contraints.

De fait, l'enfant d'une union précédente peut éprouver de la culpabilité envers son autre parent s'il participe à votre cérémonie. Sachez la désamorcer ou la respecter. Assurez-vous que les enfants ont pu exprimer librement ce qu'ils ressentent à propos de votre mariage pour que cette journée soit un souvenir de bonheur sans ressentiment.

Les parents qui se remarient sont parfois, ce jour-là, plus occupés à se marier qu'à entourer leurs enfants. Vous pouvez demander à des amis proches de vous seconder pour veiller sur un enfant qui va éprouver différentes émotions à cette occasion. Invitez des amis ou des cousins pour l'entourer et le valoriser.

Les jeunes enfants sont sensibles au rôle privilégié d'enfant d'honneur car, outre une tenue de fête, ils attirent ainsi le regard attendri des adultes. Avant l'âge de quatre ans, ils préfèrent marcher accompagnés d'un « grand ». Plus âgés, ils sont fiers de leur autonomie et aiment ouvrir le cortège.

Ils peuvent par ailleurs avoir pour mission de tenir les alliances, de distribuer des textes ou encore de se placer à côté de leurs parents pour la cérémonie. Si l'enfant sait lire et restituer un texte ou un petit poème en public, il est valorisant de lui faire dire quelques mots. Le mieux est de choisir avec lui une phrase ou un paragraphe extrait de l'un de ses livres. Par exemple, *Le*

Petit Prince d'Antoine de Saint-Exupéry recèle des mots sur l'amour et même sur le mariage.
Lors de l'échange des vœux, il est symboliquement fort d'y mentionner les enfants.

• **Arnaud** s'est adressé à **Stéphanie** ainsi qu'à ses deux fils : « Stéphanie, je te promets de soutenir tes rêves. Je me tiendrai à tes côtés au cours de nos triomphes comme de nos difficultés. Je t'accompagnerai dans ton rôle de parent auprès de Lucas et de Nathan en les aimant de tout mon cœur. Acceptes-tu d'être ma femme, mon amie, mon amour et de partager ta vie avec moi ? » Stéphanie a répliqué sur le même mode en incluant Éloïse, la fille d'Arnaud.

• **Anne et Simon** avaient deux enfants chacun lorsqu'ils se sont mariés. Tous avaient entre sept et treize ans. Au cours de la cérémonie, l'officiant s'est tourné vers les filles d'Anne, en leur demandant : « Charlotte et Juliette, acceptez-vous de prendre Martin et Paul comme demi-frères ? » Elles ont accepté. Puis Martin et Paul ont donné leur consentement à leur tour. Les filles ont remis aux garçons une pièce gravée aux noms des deux familles avec la date du mariage. De même, les garçons leur ont remis des bracelets gravés. Alors, seulement, les parents ont échangé leurs consentements et leurs alliances.

• **Marianne et Sébastien** ont déjà deux enfants quand il lui demande sa main. La construction de leur famille n'est pas étrangère à sa nouvelle vision du lien sacré du mariage. Leurs filles se tiennent à leurs côtés : « Marianne, je veux profiter de cette journée pour célébrer la maîtresse que tu es pour moi et la mère que tu es pour Carmen et Célia. La famille que nous avons créée ensemble est la force qui me guide. Tu es ma lumière, ma partenaire et mon amour. Acceptes-tu de devenir ma femme ? – Oui ! Sébastien, ensemble nous avons découvert l'amour, la vie et la création absolue. Carmen, Célia et toi représentez ce que j'ai de plus cher au monde. Mais au-delà d'être leur père et mon amour, acceptes-tu de devenir mon mari ? – Oui ! » Il sort de sa poche les alliances qu'il échange avec Marianne ainsi que deux petits pendentifs en forme de cœur qu'il accroche autour du cou des petites filles.

Vous pouvez prévoir un objet ou un bijou à remettre aux enfants : sans prendre le rôle principal des mariés, ils sont ainsi très officiellement détenteurs d'un morceau de la famille à laquelle ils appartiennent désormais.

• Le bébé de **Catherine et Jean-Marc** avait un peu plus d'un an quand ils se sont mariés. Ils l'ont fait baptiser à l'église. De là, ils se sont rendus à la mairie pour s'y marier.

La fête qui suit le mariage peut également être une occasion de faire participer les plus jeunes. Il est recommandé d'organiser des activités, et même des menus, adaptés à leur présence. Les adultes profitent ainsi mieux les uns des autres et tout le monde passe un bon moment.

Associer les enfants à l'événement

Vous pouvez occuper les enfants en leur donnant des activités qui ont du sens. Ils apprendront ainsi que si la noce est un moment de joie, c'est aussi un moment sérieux, où les choses sont faites en conscience.

Les enfants peuvent être invités à faire un grand mandala sur le sol en utilisant un certain nombre de symboles du mariage. Chez les Tibétains, un mandala est la représentation d'un palais imaginaire. Il est réalisé à plat, sur une table ou sur le sol, à l'aide de morceaux de papier, de textile et de sable coloré. Il est en général détruit dès qu'il est terminé : tout est dans la beauté, éphémère, du geste… On peut aussi acheter des sables colorés ou encore utiliser des riz mélangés pour jouer sur la poésie des couleurs. Des craies de couleur peuvent aussi servir à dessiner sur le sol.

Si les festivités durent plusieurs jours, les enfants peuvent faire des objets en pâte à sel, autour du thème de l'amour, qui décoreront l'autel ou les tables.

Ils peuvent fabriquer un totem de l'amour ou un arbre de vie en papier mâché sur lequel les invités accrocheront des vœux pour les mariés.

Ils peuvent confectionner dans l'après-midi des petits sablés aux formes variées (cœur, alliances mêlées…) qui seront distribués le soir pendant le repas.

Céline et Éric

Prévoyants, ils se sont promis de rester mariés tant que leur amour durerait, pas au-delà. Ils ont choisi de s'unir en pleine nature, au cours d'un jeu de piste minutieusement organisé. Il leur a fallu un an de préparation, de réunions avec leurs copains, de confection de costumes, de décors et de stands pour être prêts le jour J. Le jeu tournait autour de l'amour, des forces de la nature et de la couleur rose. Le défi : accumuler tous ensemble suffisamment de points pour que Céline et Éric puissent se marier. Chaque équipe devait être constituée de grands et de petits et des membres de chaque famille pour permettre à tous de se rencontrer et de s'amuser. Des questions de connaissance, un slalom en poney, la construction d'un totem, un tir de flèches dans le cœur de Cupidon étaient prévus… On devait aussi deviner les ingrédients des plats et des cocktails pour passer à l'étape suivante, se bander les yeux, danser, et parfois même chanter. Ce fut une combinaison de moments physiques et spirituels, et surtout une organisation très lourde.
Pour la cérémonie, Céline et Éric avaient préparé un cercle à la chaux sur le sol. Ils avaient prévu de s'y placer, au centre, encadrés de quatre amis proches, symbolisant les éléments. À tour de rôle, ils étaient censés déclamer un poème, entonner un chant ou lire un texte pour remercier l'eau, la terre, le feu et l'air de leurs bienfaits et de leur abondance.

Il a fallu à Céline six mois de réflexion pour écrire ses vœux de mariage. Elle a raturé, reformulé, recommencé. Finalement, les quelques mots qu'elle a choisis sont sortis droit du cœur. Ceux d'Éric parlaient d'elle, de leur vie à deux, de leurs découvertes, de leurs frictions, de leurs espoirs comme de leurs craintes. Ni robe blanche ni alliances n'étaient au programme.

Ce soir-là une énorme tempête a déchiré le ciel, la nature, et le parc prévu pour le jeu. Des arbres sont tombés mais le chapiteau a tenu bon. À défaut de jeu de piste, ils s'y sont réfugiés et ont remis une bougie à chaque personne. Céline et Éric ont allumé les leurs, et en ont transmis la flamme aux bougies de leurs amis. Ils ont simplement échangé leurs vœux puis, en procession, ont rejoint le buffet où les attendait le plat préféré de chacun de leurs invités. En effet, les mariés ne voulant pas de cadeaux, ils avaient prié chaque invité d'apporter un mets, salé ou sucré. Il y eut à manger jusqu'au bout de la nuit…

La fête fut digne de la tempête, mais dans leur cœur, ils conservent une petite frustration de n'avoir pas réalisé le jeu et la cérémonie. Ils y pensent pour célébrer leur premier anniversaire de mariage.

La nature est la plus forte, il faut savoir s'y soumettre.

La musique

En termes de musique, tous les goûts sont dans la nature : la musique classique, la variété, les chanteurs français, le reggae, les negro-spirituals, Georges Brassens, Céline Dion, le new age, la techno, etc. Quelle qu'elle soit, elle accentue toujours l'impact émotionnel d'un événement : la musique enveloppe les instants. C'est un élément de plus à prévoir, qui donnera une autre dimension à la cérémonie.

Pour choisir des morceaux, attachez-vous à l'émotion qu'ils vous procurent. Que souhaitez-vous évoquer comme atmosphère aux différents moments de la célébration : le recueillement, la tendresse, la joie, la fête, le respect, le partage, l'humour ?

• Mariés en Andalousie, **Christina et Josh** ont fait intervenir des chanteurs flamenco au beau milieu de leur cérémonie. L'effet était tonique, joyeux et sensuel.

Léa et Paul

Ils ont choisi le petit matin et une table d'orientation, au sommet d'un village perché, qui indique les directions, les monts, les vallées et les destinations alentour. Un cercle de pierre au cœur d'un paysage époustouflant. Leurs parents, frères et sœurs les y attendent, tous vêtus de blanc ; une clarinette les invite à se rapprocher. Dès leur arrivée, l'officiant sonne trois coups de gong. En silence, les fiancés allument chacun une bougie. Le père de Paul accueille Léa dans leur famille, le père de Léa souhaite la bienvenue à Paul. La clarinette les salue à son tour. Puis les mères offrent chacune un texte à leur nouvel « enfant ». On place les anneaux au centre du cercle. Les parents joignent les mains, forment une ronde et les bénissent, chacun en silence : ce sont désormais des alliances.

Paul déclare à Léa : « Depuis que je t'ai croisée, je veux partager ta route. Je me sens plus solide quand nous sommes ensemble. J'ai envie de penser à demain, aux enfants que nous souhaitons avoir, à la vie qui reste à traverser à deux. Je ne savais pas qu'il était possible d'avoir de telles ambitions de bonheur. Merci Léa, je t'aime. » Léa répond : « Je m'engage à t'aimer du mieux que je saurai le faire. À aimer celui que tu es, au plus profond de moi. À accepter tes talents et tes travers, tes ascensions et tes virages. Je te choisis comme mari car je t'aime et aujourd'hui, si je te donne ma main, c'est aussi pour prendre la tienne. »

Les époux échangent alors les bagues puis partagent du pain avec les membres du cercle pour rappeler à chacun de ne pas oublier de donner à ceux qui ont faim, matériellement, mais également à ceux qui ont faim de paix ou d'espoir. Ils font ensuite circuler une timbale de saint-émilion, parce qu'ils ne refusent pas un bon vin, et aussi parce qu'il symbolise la substance de la vie.

Les partages rituels terminés, Léa et Paul joignent les flammes de leur bougie respective pour en allumer une plus grande, plus belle, celle de leur vie à deux. Ils s'embrassent, le gong les salue.
Rayonnants, ils attrapent chacun une corbeille de foulards et sillonnent le groupe d'invités, offrant à chacun ce doux symbole de paix, d'échange et d'amour.
La clarinette reprend son chant, le cortège blanc descend vers le village. Au café, les croissants et le thé brûlant attendent la noce bientôt récompensée de ce lever très matinal.

• **Édith et Julien** n'ont pu s'empêcher, après la bénédiction du prêtre dans la petite église de Saint-Antoine dans la Drôme, de s'offrir mutuellement l'incontournable « Quand on n'a que l'amour » de Jacques Brel.

La musique se choisit en fonction de l'espace prévu pour la cérémonie. Plus la musique est proportionnée à l'endroit et au nombre d'invités, plus elle semble légère. Méfiez-vous des musiques pompeuses. Lors d'un mariage à l'église, les puristes considèrent qu'un bon organiste produira le meilleur effet. Parce que l'instrument a été construit pour le lieu dont l'acoustique est un vecteur primordial. Si son répertoire ne vous convient pas, demandez-lui de jouer des morceaux que vous aimez. Si l'église n'a pas d'organistes, adressez-vous au conservatoire de votre ville ou de la région. On y trouve foison de jeunes musiciens de talent.
En extérieur, évitez aussi les orchestres importants. Un seul musicien peut parfaitement suffire pour donner une vraie personnalité à la cérémonie. Choisissez une musique avec des arrangements simples. Pour le classique, Mozart ou Vivaldi ; pour la poésie, une harpe ; pour une cérémonie « magique », de la musique celte ; pour la joie, du gospel. Allez toujours écouter un groupe avant de l'engager. Les chorales sont très inégales.

Vous pouvez avoir recours à des chanteurs, à des amis qui ont un talent particulier, voire à vos enfants s'ils sont virtuoses en herbe. Vous pouvez aussi entonner un air tous ensemble.
La solution technique la plus simple reste de préparer un enregistrement des musiques que vous aurez choisies : vous contrôlez ainsi le temps que vous accordez à chaque morceau ou à chaque plage de musique. Il est prudent de confier le rôle de chef d'orchestre (en la matière, il s'agira de celui qui appuie sur les boutons) à quelqu'un qui aura répété préalablement l'ensemble avec vous.
Voici les moments musicaux que vous pouvez souhaiter prévoir et quelques suggestions de morceaux à explorer :

• **Le prélude** : C'est une musique qui accueille vos invités avant votre arrivée. Vous pouvez prévoir de le lancer une dizaine de minutes avant le début de la cérémonie pour signaler aux participants qu'il est temps de se regrouper et de faire silence.
• Diana Krall.
• *Bitter Sweet Symphony*, The Verve.
• Norah Jones.
• « El Farol », Carlos Santana (extrait de l'album *Supernatural*).

• **Votre arrivée** : Soignez votre entrée et donnez-lui toute l'allure qu'elle mérite. Vous pouvez retenir une musique pour l'arrivée du marié, une autre pour celle la mariée, sauf si vous arrivez ensemble.
• « At Last », Joni Mitchell (extrait de l'album *Both Sides Now*).
• « Tu m'as tout donné », Omar Chakil (extrait de l'album éponyme).
• « She's the One », Robbie Williams (extrait de l'album *I've Been Expecting You*).
• « Everything I do I do it for You », Bryan Adams (extrait de l'album *Wakin'up the Neighbours*).
• « Spend my Life with You », Eric Benet (extrait de l'album *A Day in the Life*). Pour une arrivée à deux, c'est un duo…

• **Les prières silencieuses :** Bien que le silence soit la plus belle et la plus harmonieuse des musiques, vous pouvez accompagner certains moments de réflexion, de méditation ou de partage, d'un léger fond musical.
• « This World », Zero Seven (extrait de l'album *Simple Things*).
• « A Thousand Years », Sting (extrait de l'album *Brand New Day*).
• « Misere », Paul Swartz and the Joyful Company of Singers (extrait de la compilation *Chill out in Paris*, vol. 1, San Carlo Dal 1973 by Buddha Bar).
• « This Love », Craig Armstrong (extrait de l'album *The Space Between Us*).

• **Les ponctuations :** Afin de symboliser l'unité lors des moments rituels forts – lorsque vous allumez une bougie, partagez du pain ou du vin, échangez les alliances, lancez des colombes –, sélectionnez un thème musical récurrent pour ces différentes occasions.
• « Colline toscane », Philippe Lhommet et Stefan Rodesco (extrait de la compilation *Classique* – sélection Résonances).
• « I'm Ready », Bryan Adams (extrait de l'album *Unplugged*).

• **Votre sortie :** Laissez éclater votre joie, manifestez votre bonheur, ne reculez pas devant les grandes eaux musicales. Lâchez-vous.
• « L'envie d'aimer », Daniel Levy (extrait de la comédie musicale *Les Dix Commandements*).
• « Millenium », Robbie Williams (extrait de l'album *I've Been Expecting You*).
• « You're the Love of my Life », Carlos Santana (extrait de l'album *Supernatural*).

• **La sortie des invités :** C'est une musique d'ambiance à jouer alors que tout le monde quitte la cérémonie.
• Annie Lennox, *Diva*.

- Zero Seven, *Simple Things*.
- *Café del Mar*, vol. 2 ; vol. 6 ; vol. 8 ; vol. 9.
- *Bliss*, compilation du Label Real World (pour une ambiance World Music).
- *Beautiful Songs*, Silent Sounds.
- *Brazilectro*, session 3 (pour une ambiance branchée).

Les morceaux « classiques », tels que *La Marche nuptiale* de Mendelssohn ou l'*Ave Maria* de Gounod, se trouvent sur presque toutes les compilations de musiques de mariage qui existent dans le commerce.

3

LE SECOND MARIAGE

Le second mariage (ou plus !) est l'occasion de concevoir une noce exactement comme vous l'entendez : le temps et l'expérience ont fait leur œuvre et ont pu vous libérer de certains poids familiaux ou sociaux. Vous savez mieux ce que vous voulez. Vous pouvez orienter vos choix selon un plus large éventail allant d'un mariage minimal, donc civil, à une cérémonie très « juste ». Juste parce qu'elle correspond parfaitement à vos désirs. Juste parce que vous pourrez, cette fois-ci, y intégrer une nouvelle définition de l'amour et du mariage.

Pour les catholiques, un second mariage religieux est tout simplement interdit en cas de divorce. Mais quel dommage de se priver d'un rituel alors qu'il est possible d'en construire un avec du désir et de la détermination.

Vos attentes sont différentes. Qu'elles soient plus lucides, plus passionnées ou moins naïves, elles ont le mérite d'être un peu plus précises que la première fois.

Néanmoins, si ce mariage est le premier pour l'un des deux conjoints, ne négligez pas non plus la part de magie, de rêve et de romantisme.

Si votre religion interdit à l'un de vous deux, divorcé, de se remarier, c'est une excellente occasion pour vous offrir une cérémonie sur mesure avec des rituels choisis et non plus imposés. En examinant les raisons profondes qui vous poussent à choisir un rituel plutôt qu'un autre, vous pourrez construire et mêler conventions et liberté comme vous le souhaitez.

« Privé » d'église, de temple, de synagogue…, votre mariage sera moins l'affaire de règles et de conventions religieuses que celui de deux personnes qui souhaitent, peut-être, s'unir en respectant une présence divine.

Faire d'un second mariage une simple formalité, c'est laisser passer l'occasion de dire son amour à sa manière. Car, dans toute nouvelle chance, il y a de nouvelles opportunités de s'affirmer. Et le droit au bonheur n'expire jamais…

4

Le mariage civil

Aux États-Unis, les futurs mariés achètent un permis de mariage valable soixante jours. Ils disposent alors de ce délai pour être mariés par un juge (actif ou à la retraite), un officier d'état civil ou un représentant d'une communauté religieuse. Celui-ci valide le permis de mariage et le tour est joué. La cérémonie peut donc se tenir n'importe où.

En France, nous ne disposons pas de tant de liberté. Le mariage doit être proclamé par un officier d'état civil, dans les murs de la mairie. Celui-ci doit être ceint de son écharpe tricolore, et procéder avec solennité. Se marier dans la cour de la mairie est déjà une infraction au Code civil. Quant à se marier officiellement à la maison, c'est quasi impossible. On ne peut le faire qu'après avoir obtenu une dérogation auprès du procureur de la République en cas de force majeure, ou si l'un des deux époux est en péril de mort. Dans l'hypothèse où la dérogation aurait été accordée, sachez que les portes du local où se déroule la cérémonie doivent rester ouvertes. C'est la loi.

Le maire ou un conseiller municipal procède habituellement au mariage sans fioritures particulières. Lorsqu'il connaît l'un des mariés au moins, il prend parfois la peine de rédiger à l'attention de l'assistance un discours personnalisé avec lequel il ouvre la célébration. Si vous n'avez pas d'attaches particulières avec votre élu ou l'un de ses adjoints, certains d'entre eux acceptent de bon cœur de voir confier le soin du discours à la personne de votre choix. Mais cela est laissé à leur bon vouloir et rien ne les contraint à l'accepter.

> ***Article 146 du Code civil: « Il n'y a pas de mariage lorsqu'il n'y a pas de consentement. »***

Articles du Code civil lus au cours d'un mariage à la mairie

Article 212

Les époux se doivent mutuellement fidélité, secours, assistance.

Article 213

Les époux assurent ensemble la direction morale et matérielle de la famille. Ils pourvoient à l'éducation des enfants et préparent leur avenir.

Article 214

Les époux contribuent aux charges du mariage à proportion de leurs facultés respectives.

Article 215

Les époux s'obligent à une communauté de vie.

Article 371-1

L'autorité parentale est un ensemble de droits et de devoirs ayant pour finalité l'intérêt de l'enfant. Elle appartient au père et à la mère jusqu'à la majorité ou l'émancipation de l'enfant pour le protéger dans sa sécurité, sa santé et sa moralité, pour assurer son éducation et permettre son développement, dans le respect de sa personne. Les parents associent l'enfant aux décisions qui le concernent, selon son âge et son degré de maturité.

• **Claire et Gilles** se sont arrangés avec le maire pour que deux de leurs amis puissent prendre la parole avant l'échange des consentements. Un homme et une femme. Ils avaient rédigé un discours à l'attention des mariés. Le maire a repris la parole à l'issue de leur intervention pour procéder au mariage.

• **Norma et Mathew** ont invité quatre-vingt-dix personnes. La salle des mariages de la mairie de leur village en contient tout juste quinze. La négociation a été rude car il est interdit de se marier ailleurs. Mais le maire a été créatif et a décidé d'installer une table sur le parvis de la mairie. Sur la table, il a sorti le buste de Marianne que possède toute agglomération. On ne pouvait ainsi pas lui reprocher de se soustraire à la République. La célébration fut gaie et dissipée, les passants s'arrêtaient et encourageaient. Dès le « oui » prononcé, la fête a commencé car les cafés étaient eux aussi déjà sur place.

• **Morgane et Sacha** ont demandé à pouvoir rester une demi-heure supplémentaire dans la salle des mariages de la mairie à l'issue de la cérémonie civile. C'est là que s'est déroulée la bénédiction spirituelle qu'ils avaient imaginée.

Lila et Luc

Après plusieurs années de navigation à la voile à travers les Caraïbes, Luc s'installe en République dominicaine. Il a le coup de foudre pour Lila, une fille du pays. L'amour « coule à flots » et l'heure vient de se marier... Dans l'euphorie de l'amour et dans la précipitation, ils prévoient et organisent une fête et la cérémonie.

Seulement voilà, Lila, n'ayant jamais quitté son pays, n'a ni carte d'identité ni passeport permettant d'enregistrer officiellement les bans. Que dire aux invités ? Ingénieux, leur vieux copain Steve, qui possède un trimaran, s'est proposé : « Pourquoi cherchez-vous un maire ou un curé ? Je vous marie sur le bateau, je suis capitaine ! »

Banco ! Le soir, dans un petit port de la côte nord de la République dominicaine, ils se sont mariés sur le trimaran, lui en costume, elle en robe blanche. Steve a prononcé un discours en espagnol, Lila et Luc ont signé le livre de bord... Merengue, rhum, et nombreuses photos... Côté administratif, le mariage n'a jamais été reconnu car, pour être valable, il fallait que le voilier se trouve à douze miles des côtes dans des eaux internationales. Or, il était à quai à la marina du port ! L'amour a capoté avant que le besoin d'officialisation ne se fasse sentir. Mais la noce fut mémorable, et reste sans aucun doute l'un des meilleurs souvenirs de cette relation.

5

Le mariage homosexuel

Le mariage homosexuel n'est pas reconnu en France. Les Pays-Bas, pour leur part, l'ont autorisé le 19 décembre 2000. Dans le même temps, le Parlement néerlandais a admis l'adoption d'enfants par des couples de même sexe, suivi en novembre 2002 par le Parlement britannique. La Suède et la Belgique devraient être les prochains pays à voter des textes similaires.
Ces pays, considérés comme précurseurs, sont en tête d'un peloton ouvert aux revendications des homosexuels depuis vingt ans. Dans celui-ci, on trouve des pays du nord de l'Europe (Finlande, Norvège, Danemark, Islande) ainsi que la France, et la province espagnole de Catalogne, qui ont adopté des formules de contrats d'union civile.
Le Pacs est en France le seul contrat officiel dont dispose un couple « arc-en-ciel » pour s'engager officiellement dans une communauté de vie.

Parce que le mariage homosexuel ne s'inscrit dans aucune tradition, les couples ont souvent l'impression de devoir justifier leur désir d'officialisation alors que leurs motivations ne diffèrent pas beaucoup de celles de couples hétérosexuels.

Éric et Laurent

À l'occasion de la signature de leur Pacs, Éric et Laurent ont eu envie d'une vraie cérémonie de mariage. Ils sont allés seuls au tribunal d'instance un vendredi après-midi apposer leurs signatures dans le bureau austère du greffier. Le mariage avait lieu le lendemain, dans un jardin à la campagne. Ils voulaient célébrer le chemin parcouru depuis leur première rencontre, depuis que Laurent avait compris qu'il aimait Éric au-delà des préjugés. Depuis que leurs familles avaient appris, réagi et enfin compris que l'on pouvait s'aimer différemment.

Jessica, la sœur d'Éric, éternelle supportrice de son frère, présidait la cérémonie. Sur une table recouverte de soie blanche, elle avait préparé un verre de vin, un morceau de gâteau au chocolat, un verre d'eau, une bougie, une jolie pierre ronde, un éventail et les alliances.

Éric et Laurent ont rejoint l'autel chacun de leur côté et s'y sont retrouvés face à face. Pendant leur marche, un ami jouait un morceau joyeux au saxophone. Ils portaient tous les deux une djellaba sur un pantalon clair. Éric tenait un brin de lavande et Laurent un brin de romarin.

Jessica a expliqué à l'assistance pourquoi ces deux hommes souhaitaient officialiser leur amour en leur présence. Elle a rappelé que l'amitié de tous les présents était très chère aux jeunes pacsés. Elle a passé la parole à Éric. Celui-ci a confié son coup de foudre pour celui qu'il ne voulait plus quitter. Il s'est engagé à vivre avec lui, dans une relation de plus en plus profonde. « Je suis venu te retrouver au centre du jardin, et je souhaite parcourir le reste de mon chemin à tes côtés. »

Laurent a pris la parole à son tour et évoqué le changement radical de sa vie depuis sa rencontre avec Éric. Il s'est tourné vers sa famille et a raconté son chemin, simplement, en parlant d'un amour défendu qui s'est transformé en désir de s'engager et de s'affirmer. Il a remercié Éric de sa persévérance, de sa force et de son sens de l'humour imparable. « Je suis venu te retrouver au centre du jardin, et je souhaite parcourir le reste de mon chemin à tes côtés. »

Ils se sont échangés leurs brins d'herbes.

Jessica a pris le verre de vin : « La vie est parfois forte et sèche, soyez-y préparés. » Ils ont chacun bu une gorgée de vin.

Elle a rompu le morceau de gâteau en deux : « La vie est souvent douce et gourmande, soyez-y préparés. » Ils en ont chacun mangé un morceau.
Elle leur a ensuite souhaité de trouver ensemble la lumière du feu (la bougie), la force de la pierre, la fluidité de l'eau et l'horizon du vent (l'éventail).
Ils ont alors pris les alliances et les ont échangées en se chuchotant à voix basse leurs vœux l'un à l'autre.
Le saxophone a repris, ils se sont embrassés.
Ils fêtent leur anniversaire de mariage le jour du mariage, pas celui du Pacs. Parce qu'ils affirment l'un et l'autre que c'est la cérémonie et son émotion qui les unissent et certainement pas l'administration.

6

Le Pacs

D'un point de vue technique, la signature d'un Pacs est une démarche administrative antipoétique.

La signature se déroule dans le bureau du greffe du tribunal d'instance de votre lieu d'habitation. Si le greffier n'a pas de bureau personnel, il prendra la peine de s'installer dans une pièce disposant d'un bureau libre et de trois chaises. Pas de salle des mariages, pas d'écharpe républicaine, pas d'effigie de Marianne. Peut-être quelques posters au mur incitant à rejoindre les rangs de la Gendarmerie nationale…

Le matériel nécessaire comprend le registre des Pacs, le dossier administratif constitué pour l'occasion et un stylo. Les personnes dont la présence est requise sont les deux personnes se pacsant et le greffier.

Pour apporter un peu de « fun » à un Pacs, il vaut mieux se préparer. Repérez les lieux pour savoir dans quel contexte se fera la signature. Annoncez au bureau du greffe si vous souhaitez qu'il y ait quelques chaises. Apportez vos fleurs, il n'y en a pas dans les tribunaux, invitez vos amis, on n'en trouve pas toujours sur place non plus… Mieux, quittez au plus vite le tribunal pour fêter l'occasion dans un lieu plus chaleureux.

Rose et Ariane

Pour la signature de leur Pacs, Rose et Ariane sont venues au tribunal avec leurs enfants et leurs petits-enfants. Ils leur avaient offert des bouquets de fleurs, et avaient prévu les appareils photo pour immortaliser l'instant. Les dernières mises au point administratives ont pris du temps. Les enfants jouaient et s'animaient dans la salle d'attente installée dans le bureau des greffiers. Un peu bruyants les petits, mais c'était la fête.

Pour la signature, la greffière a proposé de passer dans un bureau. Elle s'est installée derrière, sur une chaise à grand dossier. Rose et Ariane se sont placées sur les deux seules chaises (d'écolier) de la pièce et les enfants sont restés dehors, la pièce étant trop petite pour contenir plus de trois personnes et… le stylo. On a voulu faire des photos, mais la greffière refusait d'y figurer. Dans la petite pièce, l'angle pour la prise de vue n'était pas facile à trouver. Elles ont signé le contrat, les enfants ont applaudi, tout le monde s'est embrassé. Ariane a offert son bouquet à la greffière. C'était fini.

De là, elles sont parties directement en voyage de Pacs à San Francisco. À leur retour, elles ont donné une fête réunissant leurs amis, leurs parents, leurs enfants et petits-enfants. Leurs filles ont placé sur la pièce montée deux mariées en plastique.

Le Pacte civil de solidarité - le Pacs

Première étape : Le contrat.
Si vous souhaitez conclure un Pacs, vous devez rédiger et signer une convention dans laquelle vous pouvez fixer librement les modalités de votre vie commune, sous réserve des obligations prévues par la loi.

Que peut contenir le contrat ?

Le contrat peut :

- simplement constater votre engagement à être liés par un Pacs : il suffit d'indiquer par écrit : « Nous (noms et prénoms des deux partenaires) concluons un Pacte civil de solidarité régi par la loi du 15 novembre 1999 » et de préciser les modalités de l'aide matérielle à laquelle vous êtes tenus ; par exemple : partage des dépenses de la vie courante, partage de loyer...
- prévoir plus en détail les modalités de votre vie commune.

Ainsi, vous et votre partenaire pouvez prévoir de prendre certains engagements financiers l'un(e) vis-à-vis de l'autre, ou d'apporter des précisions sur le régime des biens acquis après la conclusion du Pacs.

Le Pacte civil de solidarité est un contrat de droit privé librement conclu par deux personnes, qui choisissent, dans les limites posées par la loi, les termes de leur engagement mutuel et matériel.
Vous pouvez rédiger vous-mêmes le contrat.
Cependant, en raison des enjeux importants qu'engendre la conclusion d'un Pacs, en particulier sur le patrimoine des partenaires, il est recommandé de vous adresser à un professionnel, un notaire ou un avocat, qui vous conseillera. Les associations homosexuelles, en particulier, mettent des professionnels (notaires, avocats...) à votre service pour vous guider dans vos démarches.

Deuxième étape : Vous devez vous présenter en personne et faire une déclaration conjointe au greffe du tribunal d'instance pour déclarer ensemble le Pacs et le faire enregistrer. Vous devez vous adresser au tribunal d'instance dont dépend votre résidence commune.

7

RENOUVELER SES VŒUX

Quelques années après s'être mariés avec bonheur, certains couples choisissent de renouveler leurs vœux de mariage. Pour le plaisir de saluer la joie – ou la performance ! – d'être encore mariés, ou celui de réunir leurs amis autour d'un amour plus mûr, ou même en signe d'une réconciliation réussie…

Il ne s'agit pas seulement de fêter son anniversaire de mariage. Il s'agit de remettre en scène un échange de consentement pour une nouvelle tranche de vie commune : les époux se re-choisissent.

• **Alma et Eric** ont choisi de renouveler leurs vœux tous les ans à la date anniversaire de leur mariage. À deux, sans témoins, ils prennent la peine de s'écrire une phrase d'engagement qui correspond à leur état d'esprit et à leurs projets pour l'année à venir. Ils veillent ainsi sur l'état de leur relation et de leur engagement.

• **Sophie et Teiki** ont invité leurs amis à passer un week-end à la campagne à l'occasion de leurs quinze ans de mariage. Lors du repas de bienvenue, ils ont expliqué à l'assistance ce que chacune des personnes présentes représentait pour leur couple, pour leur amour et pour leur mariage. Ce que les uns leur avaient appris, aidé à comprendre ou à éviter. Ils n'ont oublié personne car, à leurs yeux, la réussite de leur vie à deux était le miroir de la qualité de leurs amitiés. L'ambiance était donnée. Ils se sont alors promis de continuer à se découvrir, à se soutenir et à s'enrichir auprès de leurs amis. Les deux jours se sont déroulés dans un climat de générosité et d'amitié auquel personne n'a résisté.

• **Léa et Paul** s'étaient mariés en petit comité. Dix ans plus tard, ils ont constaté que, depuis, ils avaient rencontré ensemble de nouveaux amis. Et puis trois enfants étaient nés de leur amour. Ils ont alors décidé d'organiser une nouvelle cérémonie pour réunir les gens qui comptaient pour eux aujourd'hui.
Pour ce second mariage, ils étaient plus nombreux. L'officiant de la première cérémonie est revenu tenir son rôle. Le couple a renouvelé, mot pour mot, les vœux échangés des années plus tôt. Ils se sont adressés à leurs enfants, source évidente d'une grande partie de leur bonheur.
Pendant la fête qui a suivi, la vidéo du premier mariage était diffusée dans une pièce. Certains avaient vieilli, d'autres mûri ou embelli. Au-delà d'un mariage, c'est une famille élargie que l'on a fêtée ce soir-là...

À quand la mairie ?

Les Anglo-Saxons sont beaucoup plus en avance que les Français sur l'organisation des renouvellements de vœux. Aux États-Unis, les chapelles de mariage de Las Vegas proposent une cérémonie « tout compris ». Il vous sera simplement demandé d'attester sur l'honneur que vous êtes déjà mariés l'un avec l'autre.
En Grande-Bretagne, c'est un peu plus sérieux. La mairie propose une célébration d'une vingtaine de minutes qui se présente comme ceci :

- Introduction et bienvenue.
- Présentation des enfants éventuels des mariés.
- Lecture de textes.
- Renouvellement des vœux.
- Nouvel échange des anciennes ou de nouvelles alliances.
- Lecture de textes par des témoins du premier mariage.
- Lecture de textes choisis par les mariés.
- Signature du certificat de renouvellement des vœux.
- Signature des témoins.
- Conclusion.

Il est cependant précisé aux candidats qu'ils devront présenter leur certificat de mariage aux autorités et composer leur cérémonie eux-mêmes. Celle-ci ne revêt en aucun cas un caractère officiel. Pour ceux qui le souhaitent, le Royaume-Uni offre à ses ressortissants la possibilité de ré-épouser leur conjoint actuel tout à fait officiellement.
En France, le renouvellement des vœux reste une affaire privée peu répandue. Quel dommage de ne pas se donner une nouvelle occasion de fêter l'amour averti.

Le temps passe vite quand on s'aime…

Les anniversaires de mariage sont, symboliquement, associés à un élément, la plupart du temps naturel.

1 an : Noces de coton
2 ans : Noces de cuir
3 ans : Noces de froment
4 ans : Noces de cire
5 ans : Noces de bois
6 ans : Noces de chypre (parfum à base de bergamote et de santal)
7 ans : Noces de laine
8 ans : Noces de coquelicot
9 ans : Noces de faïence
10 ans : Noces d'étain
11 ans : Noces de corail
12 ans : Noces de soie
13 ans : Noces de muguet
14 ans : Noces de plomb
15 ans : Noces de cristal
16 ans : Noces de saphir
17 ans : Noces de rose
18 ans : Noces de turquoise
19 ans : Noces de cretonne (toile de coton)
20 ans : Noces de porcelaine
21 ans : Noces d'opale

22 ans : Noces de bronze
23 ans : Noces de béryl (pierre précieuse)
24 ans : Noces de satin
25 ans : Noces d'argent
26 ans : Noces de jade
27 ans : Noces d'acajou
28 ans : Noces de nickel
29 ans : Noces de velours
30 ans : Noces de perle
31 ans : Noces de basane (peau de mouton)
32 ans : Noces de cuivre
33 ans : Noces de porphyre (roche volcanique rouge)
34 ans : Noces d'ambre
35 ans : Noces de rubis
36 ans : Noces de mousseline
37 ans : Noces de papier
38 ans : Noces de mercure
39 ans : Noces de crêpe
40 ans : Noces d'émeraude
41 ans : Noces de fer
42 ans : Noces de nacre
43 ans : Noces de flanelle
44 ans : Noces de topaze
45 ans : Noces de vermeil
46 ans : Noces de lavande
47 ans : Noces de cachemire
48 ans : Noces d'améthyste
49 ans : Noces de cèdre
50 ans : Noces d'or
60 ans : Noces de diamant
70 ans : Noces de platine
75 ans : Noces d'albâtre
80 ans : Vos racines sont belles et profondes, ce sont vos noces de chêne.

Les symboles du mariage

Rites et symboles

Chaque cérémonie de mariage comprend une succession de rites. Le mariage est l'une des étapes qui marquent le moment où s'ouvre une nouvelle porte. Les mariés quittent leur famille d'origine pour créer la leur et entrent ensemble dans une définition de vie à deux. Choisir le mariage, c'est choisir de franchir ce seuil.

Les rites sont des points de repère communs à un groupe d'individus. On se marie à deux ou entourés de ses amis, selon ses aspirations. Mais, au-delà de la loi et de l'officialisation d'une histoire d'amour, de nombreux couples éprouvent le besoin de poser certains gestes pour se sentir et se montrer mariés. Les Anciens estimaient que le symbolisme donne un langage à la beauté... C'est le moment ou jamais d'apprendre une nouvelle langue. Plus intérieure.

Il existe toute une panoplie de symboles associés au mariage. Notre civilisation, de plus en plus individualisée, nous incite à nous pencher sur nos propres valeurs et nos propres goûts pour redéfinir ce qui est important. La cérémonie de mariage est un moment idéal pour composer son propre rituel à partir d'une multitude d'éléments qui nous conviennent. C'est l'occasion de s'ouvrir à d'autres pratiques, de laisser jouer la musique de l'amour et la poésie des symboles. Il est aussi possible de s'en inspirer pour en inventer de nouveaux ou, pourquoi pas, d'en détourner certains pour se les approprier.

Certains de ces symboles ont un sens religieux, d'autres sont purement laïques. Beaucoup viennent de coutumes locales et ont été transformés par le temps ou maintenus intacts au fil des générations. Une famille peut avoir ses propres traditions, transmises aux enfants qui souhaitent en être garants. Dans le brassage des cultures souvent provoqué par le mariage, il est plus que jamais nécessaire de choisir les contours de son engagement.

N'hésitez pas à vous accorder plusieurs symboles. Ils marqueront les différentes promesses ou valeurs que vous souhaitez partager à deux. La vie vous permettra ensuite de les respecter, d'y déroger ou de les redéfinir. Le chemin de réflexion sur lequel vous vous serez engagés en les choisissant sera, de toute façon, fondateur dans votre parcours.

1

ALLIANCE

Le cercle parfait

Le cercle éternel de l'alliance est devenu un symbole universel de l'amour et de l'engagement. Il est aussi un symbole du temps : la roue tourne… Le cercle protecteur peut prendre la forme de la bague, du bracelet, du collier, de la ceinture, de la couronne : parures, ces objets rituels maintiennent avant tout la cohésion entre l'âme et le corps…

L'anneau est un symbole du cercle et de son idée de perfection. La coutume de l'alliance, signe de reconnaissance et gage d'amour, est relativement récente puisqu'elle n'est apparue en Occident qu'au IXe siècle.

À l'origine, c'est une alliance de fiançailles et non de mariage. À partir de 1563, après le concile de Trente, l'alliance sera réservée au mariage, dont elle deviendra un symbole par excellence. Elle représente un signe d'attachement librement consenti et de fidélité conjugale.

La petite histoire veut que ce soient les Égyptiens qui instaurèrent le port de l'alliance à l'annulaire gauche (quatrième doigt à partir du pouce). Ils étaient en effet persuadés qu'une veine unique, la « veine de l'amour », partait du cœur pour arriver dans l'annulaire gauche. En serrant l'annulaire par une bague, on était sûr de s'assurer l'amour de sa femme. Car l'anneau ne doit pas engager seulement l'aspect extérieur mais aussi le cœur !

Superstition : le jeune homme doit laisser l'anneau de mariage de sa future femme pendant neuf jours dans le nid d'une hirondelle.

L'annulaire n'a pas toujours été le doigt d'élection. Les Hébreux portaient leur alliance à l'index tandis qu'au

XVIIe siècle, en France, on préférait l'arborer au pouce, de même qu'aujourd'hui dans certaines régions de l'Inde. Pour leur part, les communautés orthodoxes russes et orientales la portent à la main droite quand la majorité du monde occidental la glisse à la main gauche. En Turquie, les fiancés portent leur anneau d'engagement à la main droite. Ils le feront glisser à la main gauche pendant la cérémonie religieuse. Un proche passe alors la bague au doigt des époux et coupe le cordon rouge qui noue les deux bagues. Les fiancés de la Rome antique s'offraient un anneau métallique circulaire dont la forme symbolisait le cercle de la vie, l'éternité. Sous l'influence du christianisme, l'or remplaça le fer.

L'anneau de paille

Au Moyen Âge, en signe d'infamie, on mariait avec un anneau de paille ceux qui avaient été condamnés à s'épouser pour avoir « pris une avance » sur les noces.
On les unissait à Paris, dans une des plus petites églises, Sainte-Marine.

Un rite tout en douceur: les liens de coton

Le rite du *tchang daï* (attacher les mains) est un rite que l'on trouve au **Laos**, au **Vietnam** ou au **Cambodge**. Cela consiste à lier au poignet des fils de coton écrus, trempés dans de l'eau bénite. Des paroles de bénédiction ou des souhaits sont prononcés au moment où on attache ces fils. En nouant des fils de coton, on forme une sorte de lien mystique. Lors de la cérémonie du mariage, ce rite est un symbole du bonheur et les liens ne doivent pas être enlevés jusqu'au lendemain.

Les doigts nus de l'homme juif

Les hommes juifs ne portent pas de bijoux car la Torah leur recommande de ne pas se vêtir comme les femmes. De ce fait, l'alliance au doigt de l'homme n'existe pas. En revanche, il la glisse au doigt de son épouse lors de la cérémonie du mariage. Le fait de voir des hommes juifs avec une alliance est une influence de la culture occidentale.

Chez les Maoris de Nouvelle-Zélande, l'alliance est en os gravé. Ailleurs, ce sont des rubans... Ainsi, chez les Suédois, après l'échange des consentements, les mariés se nouent mutuellement trois rubans à l'annulaire : le premier représente leur engagement, le second est un signe de leur alliance, le troisième est promesse de maternité.
Chez les orthodoxes, le marié porte un anneau d'or, symbole du soleil, et la femme un anneau d'argent, symbole de la lune. Partout, ce qui compte, c'est de porter un signe manifestant que l'on aime et que l'on est aimé...

La symbolique des pierres

Le choix d'une pierre sur une bague n'est jamais anodin et ne répond pas qu'à des critères esthétiques. Chaque pierre a sa symbolique.

Le diamant : ses qualités physiques exceptionnelles – dureté, limpidité, luminosité – en font un symbole majeur de perfection. Il symbolise également l'innocence, la fidélité et l'endurance. C'est un symbole de pureté et de paix. C'est un serment de fidélité conjugale. En Italie, dans les années 40, l'alliance était habillée de diamants : on disait qu'ils représentaient les flammes de l'amour...

Le rubis : sa couleur rouge évoque l'amour mutuel, la passion ardente. C'est la pierre de l'Orient par excellence et l'emblème du bonheur. Pierre rouge, elle est devenue la pierre des amoureux qu'elle « enivre sans contact ». Selon la croyance populaire, elle brille dans le noir comme un charbon ardent.

Le saphir : il symbolise la sagesse et la franchise. Il invite à la fidélité et chasse toute haine. Il renforce les prédispositions de l'âme à la paix.

L'émeraude : elle est l'expression du renouveau. Elle symbolise l'amour vrai, qui se régénère. « Lumière verte », elle favoriserait les amours.

Le grenat : la constance et la loyauté.

La topaze : la fidélité et l'amitié.

La perle : la tendresse, la santé et la longue vie.

L'améthyste : la sincérité, l'humilité.

La sanguine : le courage.

L'opale : l'espoir, la fidélité.

Le lapis-lazuli : symbole de nuit étoilée, cette pierre a vertu de talisman.

Le ruban

Le ruban a une symbolique proche de celle du nœud, mais elle est plus positive. Un nœud de ruban ne prend-il pas la forme d'une fleur ? Il est un signe d'épanouissement au lieu d'être un signe d'arrêt. Les « nœuds de l'amour » ont longtemps symbolisé les fiançailles : ils ne lient pas aussi solidement que l'anneau de mariage mais ils peuvent suffire là où un mariage est impossible.

- *Vous pouvez bénir les anneaux ensemble ou à tour de rôle et/ou demander à vos parents, témoins ou enfants de le faire tour à tour.*

- *Vous pouvez faire circuler les anneaux dans l'assistance afin que chacun émette à voix haute un vœu de bonheur pour votre couple.*

- *Pensez à faire graver les alliances avant le mariage : après, on n'a plus envie de s'en séparer...*

2

Amandes et dragées

Partager des secrets

Pour les Hébreux, l'amandier est le symbole de l'immortalité du Dieu d'Abraham, d'Isaac et de Jacob. Il annonce une vie nouvelle car, signe de renaissance de la nature, il est le premier arbre à offrir ses fleurs dès l'arrivée du printemps.

L'amande a un sens symbolique fort : le fruit dissimulé dans une cosse symbolise l'essentiel caché dans l'accessoire. C'est la vérité à découvrir. Dans la tradition mystique, l'amande signifie un secret. Ainsi, « manger l'amande » signifie découvrir et participer à un secret. C'est aussi le symbole du noyau indestructible de l'être. Par extension, elle représente le sexe féminin.

Chez les chrétiens, l'amande symbolise également l'approbation divine et les faveurs de Dieu. L'amandier y est d'ailleurs le symbole de la Vierge Marie car elle signifie l'accomplissement d'une promesse.

Chez les Grecs, l'amande pressée était comparée à la semence de Zeus, en tant que puissance créatrice. Ils la trempaient dans du miel avant de la déguster. Les Romains, pour leur part, l'enrobaient d'épices et de miel. En Italie, les dragées sont offertes par cinq. Elles symbolisent la douceur et l'amertume, qui sont des composants de la vie. Le chiffre cinq est supposé porter bonheur : santé, fortune, fertilité, bonheur et longévité.

Selon la légende, un amandier rose, symbole de l'amour éternel, a été planté au pied de la tombe de saint Valentin. Il est fêté à la date où commence l'accouplement des oiseaux, qui marque le début du réveil de la nature. Cette période correspond à l'ancienne fête des Brandons qui marquait les retrouvailles des jeunes gens après l'hiver.

Une superstition affirme que l'amandier remonte directement à Dieu et que son fruit peut féconder une vierge indépendamment de l'union sexuelle. Selon une croyance qui persiste en Europe, une jeune fille vierge qui s'endort sous un amandier en rêvant à son fiancé a des chances de se retrouver enceinte à son réveil.

De l'amande à la dragée

Les premières dragées, amandes enrobées de sucre, sont fabriquées à Verdun en 1220 : les apothicaires la recommandaient aux femmes enceintes. Symbole de pureté et de fécondité, on l'offre aujourd'hui à l'occasion des rites de passage religieux.

À **Porto Rico**, une poupée de mariée, habillée comme son modèle, est placée à la table d'honneur, au centre. Des copies miniatures de la poupée sont offertes à chaque invité en souvenir de la noce. Cela change des dragées...
En **Angleterre**, on dit que manger cinq amandes prévient de la « gueule de bois ».

• Vous pouvez casser chacun une amande et vous l'offrir mutuellement en prononçant vos vœux secrets. Chaque couple de l'assistance peut faire de même. Quant à vos amis célibataires, ils choisiront avec attention quelqu'un avec qui la partager.

• N'hésitez pas à glisser dans les sachets de dragées un mot avec une ode à l'amour, un de vos secrets ou une promesse que vous avez échangée et que vous avez envie de faire partager.

• Les dragées offertes à vos amis peuvent être complétées ou remplacées par de petits cadeaux : fleurs séchées, bougies, bouquets d'herbes, foulards blancs ou colorés, pâtisseries locales (calissons d'Aix, bêtises de Cambrai, etc.)...

3

Arbre

De la terre jusqu'au ciel

Avec ses racines plantées dans la terre et ses branches tendues vers le ciel, l'arbre est un symbole de verticalité qui unit le haut et le bas : il puise sa force dans le sol pour s'ouvrir vers le haut à la bénédiction. Il met en communication les trois niveaux du cosmos : le souterrain par ses racines, la surface par son tronc, les hauteurs par ses cimes, attirées par la lumière du ciel. Il symbolise la création tout entière mais aussi la croissance et l'épanouissement de soi-même. En effet, chacun de nous a son propre arbre intérieur, sa propre manière de sentir ses racines et de s'enfoncer dans la terre, sa propre façon de croître.

Un symbole, à l'image de l'amour, que les mariés affectionnent particulièrement. Vie en perpétuelle évolution, l'arbre est un symbole de fertilité. Chaque année, quand les arbres fleurissent, on dit que l'amour des époux se renouvelle…

Parce que l'arbre est aussi un symbole de fertilité, un certain nombre de rites magiques se sont constitués : ainsi il n'est pas rare, de la Méditerranée jusqu'en Inde, de rencontrer des arbres couverts de mouchoirs rouges, pour conjurer le sort.

Traditions

De même, de nombreuses coutumes de mariage mystique entre arbres et humains sont destinées à renforcer la fécondité de la femme. Ainsi, au Pendjab et dans l'Himalaya mais aussi chez les Sioux d'Amérique du Nord, on marie la jeune fille à un manguier ou à un autre arbre fruitier avant de l'unir à son mari car il est dit que les esprits craignent les arbres et surtout les arbres à fruits. Le pin est regardé comme l'arbre de vie par excellence en Extrême-Orient. Symbole de force inébranlable et d'immortalité – du fait de la persistance de son feuillage (il conserve ses aiguilles même en hiver), de sa vigueur jusque dans la vieillesse et de l'incorruptibilité de sa résine –, il a les faveurs des mariés du monde : il est gage de longue vie et de félicité conjugale. Fin du fin : ses aiguilles poussent par deux et symbolisent la dualité du mariage !

Chez les Japonais, le pin, parce qu'il a un feuillage permanent, a été préféré à tous les autres arbres : la tradition veut que les divi-

Dicton brésilien

« Pour avoir une vie complète, il faut avoir planté un arbre, écrit un livre et fait un enfant. »

Plus fort que la mort

Le ginkgo biloba pousse sur la terre depuis cent trente millions d'années. Les vieux ginkgos sont adorés comme des dieux au Japon. Pour indiquer le caractère sacré de l'arbre, un *shimenawa* (une corde en paille de riz) est attaché autour de l'énorme tronc de l'arbre, ce qui est censé éloigner les mauvais esprits. Avant cela, c'était déjà pour les Chinois un arbre sacré, incarnation de l'équilibre du yin et du yang. C'est le seul arbre ayant résisté aux radiations de la bombe de Hiroshima.

Des graines de ginkgo sont offertes à l'occasion d'un mariage pour apporter le bonheur. Il est fréquent de décorer le gâteau de mariage avec des feuilles de ginkgo. L'extrait de ginkgo biloba a la particularité d'irriguer le cerveau, luttant contre les troubles de la mémoire et les maux de tête.

• Si cela est possible, choisissez de vous marier sous un arbre pour sa protection, sa force et sa beauté.

• Vous pouvez planter un arbre au cours de la cérémonie et réitérer le même geste à la naissance de chaque enfant.

• Si vous avez un jardin, faites-vous offrir un arbre à planter. Et laissez à vos amis le soin de creuser le trou…

• Vous pouvez nouer des rubans aux branches d'arbres alentour pour définir le lieu de la cérémonie.

• Demandez à vos invités d'apporter un objet - une photo, des anneaux, des biscuits, un bouquet d'herbes ou de fleurs, des cœurs, un poème, un koan zen, une calligraphie, un ruban… - pour orner l'arbre que vous élirez comme « arbre de vie ».

• Si vous vous mariez pendant la période de Noël, confectionnez un sapin de mariage et demandez à chaque invité d'apporter ou de fabriquer une décoration pour le sapin.

nités – les *kami* – vivent dans les branches des arbres. Placés à l'entrée de la maison, les pins attirent les divinités et leurs bienfaits. En Inde du Sud, les époux plantent côte à côte deux plants d'arbres sacrés, l'un mâle, l'autre femelle, et enlacent la tige droite, rigide, du plant mâle avec la tige souple du plant femelle. Le couple d'arbres est ensuite protégé d'un enclos qui assurera, outre sa propre fécondité, celle du couple humain qui l'a planté.

En Norvège, après la cérémonie, les amis placent deux petits pins à droite et à gauche du seuil de la maison jusqu'à ce que le couple ait un enfant. Le couple d'arbres va assurer leur fécondité. Le pin est également utilisé en Suisse.

Au Danemark, on construit une arche faite de branches de pins, que l'on appelle la porte d'honneur, devant la maison des

mariés. Une autre porte d'honneur sera construite lorsque le couple fêtera ses noces d'argent...
En Tchécoslovaquie, la jeune mariée plante dans le jardin de sa nouvelle demeure un arbre qu'elle décore de rubans colorés et de coquilles d'œufs peintes. Un rite de longue vie : on dit que la mariée vivra aussi longtemps que l'arbre...

Aux Bermudes aussi, le couple regarde pousser l'arbre qu'il a planté le jour de son mariage, il grandit avec puissance, comme leur amour.

Au Kenya, le couple croise deux morceaux de bois : leur mariage va croître et durer, avec la profondeur des racines et la force vitale de l'arbre.

Au Zaïre, le père de la mariée offre un chêne à son gendre pour lui souhaiter une nombreuse descendance.

En France enfin, le cortège de la noce passe encore parfois à côté de l'« arbre des épousailles ». Les mariés le toucheront pour qu'il leur transmette sa force. On dit aussi que passer sous un arbre attire bonheur et prospérité sur la future vie des époux.

4

AUTEL

L'espace sacré

L'autel est le lieu où le sacré se condense avec le plus d'intensité, celui où l'on consacre. C'est la raison pour laquelle il est généralement plus élevé que ce qui l'entoure : on place plus haut ce que l'on respecte. Mais on peut aussi consacrer à même le sol : dans ce cas, c'est la terre qui fait office d'autel. Un linge, un tapis ou une natte de paille posés sur le sol suffisent à indiquer la pureté des gestes qui suivront.

L'orientation de l'autel importe peu. Par définition, il est toujours à l'est où se lève le soleil. Pour les bouddhistes, il sacralise le lieu dans lequel on médite.

On se prosterne devant l'autel en signe d'humilité et de respect : en s'inclinant devant l'autel, c'est l'ego qui abdique et on ouvre son esprit aux qualités de l'état d'éveil. On y dépose des offrandes intérieures et extérieures.

Si vous devez jeter un regard sur le passé ou sur l'avenir, c'est un lieu, et un instant, idéal pour le faire…

Recette : l'eau safranée

Prendre une pincée de safran, de préférence en filaments, et la faire bouillir dans un litre d'eau. Il faut mettre assez de safran pour obtenir une jolie couleur jaune orangé, comme le pétale d'un souci. Le safran en filaments donne de meilleurs résultats que son équivalent en poudre, mais il est parfois difficile à trouver et un peu plus cher. Verser l'eau dans une coupelle en argent, en cuivre ou en verre transparent.

Sur l'autel, les **Vietnamiens** posent des symboles de leurs ancêtres décédés. N'oubliez pas d'associer ceux et celles que vous avez aimés et qui vous ont quittés par un objet, un geste ou une simple parole.

• *Choisissez une procession circulaire autour de l'autel pour symboliser l'éternité de votre engagement.*

• *Si vous retenez un autel improvisé, vous pouvez laisser un signe extérieur destiné à servir de mémorial : plantation d'un arbre, amas de pierres, totem…*

• *Avant ou après la cérémonie elle-même, creusez un petit autel souterrain en souvenir de l'événement : vous pouvez y enterrer des objets, des plantes, des déclarations ou même une plaque en gravant sur du bois ou sur de la pierre : « Ici se sont mariés.............. et.............. » Des archéologues, dans deux siècles, les trouveront peut-être…*

Pour tracer un cercle au sol

Plantez un piquet au centre de l'endroit du futur cercle. Attachez-lui une corde de la longueur du rayon du cercle que vous voulez réaliser. Tendez la corde et tournez autour du piquet en marquant votre parcours au sol. Tout simple mais utile.

Composez votre autel

Une simple table recouverte d'un tissu peut faire office d'autel. Ce peut être tout aussi simplement le dessus de votre cheminée, si la cérémonie a lieu à l'intérieur, ou encore autour d'une table d'orientation, au sommet d'une montagne, au milieu d'un cercle dans le jardin. Vous pouvez le délimiter par des drapeaux, des oriflammes, des bougies, des pétales de fleurs…

En ce jour de noces, vous pouvez célébrer les sens :

• De l'eau : claire, propre et potable. Les bouddhistes rendent l'offrande plus précieuse encore en mettant de l'eau safranée (voir recette ci-dessus). Après la cérémonie, rendez l'eau à la terre car l'eau célèbre l'esprit.

• Des fleurs : naturelles ou en soie. Vous pouvez les planter dans un bol de riz. Elles célèbrent la vue et la splendeur des couleurs.

• De l'encens ou des huiles essentielles : ils célèbrent l'odorat.

• Une petite cloche pour sonner le début et la fin du rituel.

• Du pain et une coupe qui servira à partager le vin. Pour célébrer le goût, le travail de l'homme et les dons de la terre.

• Sans oublier des bougies pour célébrer le feu et la lumière.

• Pour célébrer l'ouïe, vous pouvez mettre une musique ou faire jouer d'un instrument pour accompagner la cérémonie.

• Mais la meilleure musique pour votre cérémonie n'est-elle pas le silence ? Un moment de silence, mélodie absolue, célèbre aussi l'ouïe… Le silence peut tout à fait s'inscrire dans la cérémonie à certains moments pour en accentuer le recueillement. Des plages de silence calculées donneront de la densité à votre célébration.

Vous pouvez aussi célébrer les quatre éléments :

À l'est de l'autel, vous pouvez poser un symbole de l'air, comme une plume d'oiseau. Au sud, vous placerez un symbole du feu, comme une bougie rouge. À l'ouest, vous choisirez le symbole de l'eau (une coupe ou un verre de vin) et, au nord, un symbole de la terre (du sel, un morceau de pain, une part de gâteau, du miel…).

Orientez votre autel

Quelle est votre direction amoureuse favorable selon le Feng Shui ?

Pour le Feng Shui, l'orientation de l'autel dépend de votre date de naissance. Le chiffre Kua, défini à partir de votre date de naissance, permet de choisir les directions qui vous sont favorables.

Pour calculer votre chiffre Kua, prenez les deux derniers chiffres de votre année de naissance et additionnez-les jusqu'à ce que leur somme soit réduite à un seul chiffre inférieur à 10. Par exemple, si vous êtes né(e) en 1974, 7+4 =11 ,1+1 = 2. Si vous êtes une femme, ajoutez 5 au résultat. Si vous êtes un homme, retranchez-le de 10.

Le chiffre Kua d'une femme née en 1974 est : 2 + 5 = 7

Le chiffre Kua d'un homme né en 1974 est : 10 – 2 = 8

Attention, si vous êtes né(e) entre le 1er janvier et le 20 février, reportez-vous au calendrier lunaire (voir p. 222) pour vérifier la position de votre date de naissance par rapport au Nouvel An chinois. Techniquement, si vous êtes né(e) avant, votre date de naissance est fixée à l'année précédente. Par exemple, si vous êtes né(e) le 5 février 1980, le Nouvel An n'a eu lieu cette année-là que le 11 février. Considérez que votre année de naissance est 1979.

Voici les directions favorables face auxquelles vous placer au cours de votre cérémonie de mariage :

Votre chiffre Kua	1	2	3	4	5	6	7	8	9
La direction favorable	S	NO	SE	E	O (F) NO (H)	SO	NE	O	N
Votre élément	feu	métal	bois	bois	métal	terre	terre	métal	eau

5

Blanc

Couleur de la transformation

Le blanc, comme sa contre-couleur, le noir, est une couleur absolue, une synthèse de toutes les couleurs. À l'origine, c'était la couleur de la mort et du deuil. C'est encore le cas dans tout l'Orient comme ce fut le cas à la cour des rois de France. Comment est-il devenu le symbole même du mariage chrétien ?

Le blanc était probablement l'écusson d'une famille. On dit qu'à son mariage avec le futur François II, Marie Stuart portait une robe blanche, la couleur des Guise. L'usage se serait répandu d'une famille à l'autre dans l'aristocratie avant d'atteindre toutes les classes sociales. La mode s'est répandue dans l'Occident chrétien au XIXe siècle, à partir de 1830. Depuis cette période, la robe blanche, dans le monde chrétien, rappelle le vêtement du baptême et la Résurrection du Christ. C'est la couleur des êtres associés à Dieu dans sa gloire. Elle entend signifier la pureté de la jeune fille. Pourtant, comme le disent les Africains, la virginité est un état d'esprit…

Le blanc est également la couleur du candidat, de celui qui va changer de condition. De ce fait, la robe blanche n'est en réalité pas la robe de mariage mais la robe de fiançailles de celle qui se dirige vers le mariage. Celui-ci accompli, dans de nombreuses traditions, la mariée revêt alors une robe de couleur rouge.

Camille s'est mariée dans une robe de papier blanc. Jupons libres comme l'air, bustier immaculé. La robe et sa mariée ont dansé, embrassé et virevolté. Le soir venu, la robe libellule avait vécu sa journée, celle de sa destinée.

Traditions

Le blanc est aussi une couleur de la lumière et de l'éclat. À Fez, au Maroc, aux fêtes de fiançailles, on fait boire du lait au couple pour rendre la « vie blanche ». Dans les mariages à la campagne, on éclabousse la mariée de lait, breuvage de vie et tout naturellement symbole de fertilité. Le lait symbolise la mère, le premier amour. Dans les enseignements gnostiques, pour qu'une union soit parfaite, il est dit que l'homme doit traiter sa femme comme sa mère et la femme traiter son mari comme son père. Comme un éternel premier amour...

Cassez le protocole qui veut que seule la mariée soit en blanc. Proposez le thème du blanc à tous vos invités...

*Pour le **Feng Shui**, le blanc est la couleur utilisée pour l'entrée afin de purifier les énergies qui entrent et sortent de la maison. Le blanc sert, en quelque sorte, de « sas énergétique ». Pensez-y.*

La mariée espagnole traditionnelle de l'**Estrémadure** porte une robe de soie noire avec un voile noir. À **Hawaii**, les mariés sont en blanc et le marié porte une ceinture rouge nouée autour de la taille.

6

Bougie

La flamme de l'âme

Symbole de fête, de vie, de romance ou encore de richesse, la bougie est un puissant symbole : on y retrouve le feu, symbole d'énergie, puis la flamme qui monte, symbole d'élévation spirituelle. C'est une lumière non artificielle, un lien entre le monde réel et l'univers. Elle est porteuse de flamme, regardée depuis toujours comme le symbole de l'âme, de la purification et de l'amour de Dieu. De fait, le symbolisme de la bougie est lié à celui de la flamme. La cire, la mèche, le feu et l'air se mêlent en une synthèse des éléments de la nature. L'ensemble est individualisé en une seule flamme, unique et verticale. À l'image du nouveau couple.

Mais la bougie dégage aussi le calme et l'intimité. Elle est utilisée comme protection énergétique. La bougie, ou le cierge de mariage, allumé au cours de la cérémonie, protège aussi le couple contre les mauvais sorts et le mauvais œil.

> ***« La flamme qui dévie au moindre souffle toujours se redresse. » (Bachelard)***

Traditions

Les bougies ont une très grande importance dans la vie cambodgienne, par exemple. Aucune invocation ne peut être prononcée sans que soient allumées au moins une bougie et trois baguettes d'encens. Le cierge le plus important est le « cierge de la lignée ». Il représente la vie humaine qui s'éteint aussi facilement que la flamme de la bougie mais qui peut aussi se transmettre d'une bougie à l'autre. Pour le mariage, on le nomme « cierge du moment propice ».

Dans le mariage ashkénaze, pour protéger le couple du mauvais œil, des femmes conduisent la mariée sous le dais en portant des bougies allumées et en faisant sept tours autour du dais et du marié. Dans certains groupes orthodoxes, ce sont les pères des mariés qui ont la charge de les tenir.

En Afrique du Sud, après l'échange de consentement des mariés, une bougie est allumée. À ce moment seulement, le couple est déclaré uni. Chez les orthodoxes, mais aussi aux Philippines, deux bougies brûlent pendant toute la cérémonie religieuse, appelant la lumière sur le couple.

En Tchécoslovaquie, le couple tient ensemble un cierge nuptial. Les invités ont tous apporté une bougie en cire d'abeille et s'approchent pour l'allumer un à un au cierge nuptial. Toute l'église est ainsi éclairée de petites flammes et chacun participe à la lumière.

Dans le Caucase arménien, le *mom bar* est traditionnellement la dernière danse du mariage. Les bougies sont soufflées à la fin de la danse pour indiquer aux convives qu'il est temps de rentrer et de laisser les époux à leur intimité…

Ne jamais souffler une bougie

Dans les rituels énergétiques, on ne souffle jamais sur une flamme : ce serait éteindre le souffle de sa propre vie. On éteint donc une bougie en pinçant la mèche entre ses doigts ou encore à l'aide d'un éteignoir (si vous n'en avez pas, une petite cuillère fera l'affaire). On dit également qu'il faut éteindre les bougies dans le sens inverse de celui dans lequel on les a allumées. En général, on laisse les bougies se consumer jusqu'au bout. Si ce n'est pas le cas, on n'utilise jamais deux fois la même bougie. On la jette après le rituel.

• *Allumez vos bougies à partir d'un cierge nuptial, symbole de votre union. Vos amis peuvent ensuite venir à leur tour allumer un cierge. Peu à peu, c'est tout le lieu qui s'illumine d'une grande lumière commune…*

• *Vous pouvez offrir une bougie à chaque invité, avant la cérémonie ou en clôture.*

• *Allumez des torches pour une cérémonie nocturne (attention aux risques d'incendie liés à la sécheresse ou au vent).*

• *Allumez de l'encens, des bougies parfumées ou brûlez des huiles essentielles selon vos goûts.*

• *À l'extérieur, à la nuit tombée, vous pouvez dresser un immense cœur en bougies ou inscrire le mot « Merci » à l'attention de vos invités.*

• *Si la cérémonie a lieu à l'extérieur, préférez des bougies votives, des photophores ou une lampe à huile. Ils pourront ensuite être emportés sur le lieu de la fête. De même, si des enfants participent à l'allumage des bougies, prévoyez des mèches extra-longues, c'est plus pratique.*

7

CHAUSSURE

Le premier pas vers l'intimité

La chaussure symbolise l'affirmation sociale et l'autorité, l'ancrage dans le concret. Ne dit-on pas lors de son mariage que l'on a « trouvé chaussure à son pied » ?

Ôter sa chaussure est aussi un premier pas vers l'intimité. La chaussure est en effet également liée à la sexualité. Mettre une pièce ou du sel dans sa chaussure augure d'une vitalité sexuelle et de fécondité. Ces gestes rituels ont pour objet de lutter contre l'impuissance du mari et de protéger de la stérilité de la femme.

Traditions

En Chine ancienne, le mot « soulier » se prononçait comme celui qui signifie « entente réciproque ». Aussi une paire de souliers symbolisait-elle l'harmonie du couple et était fréquemment offerte en cadeau de mariage. L'échange de chaussures entre époux manifestait leur désir de concorde.

Chez les Anglais, pour montrer le transfert d'autorité, le père de la mariée enlève une chaussure, ou une pantoufle, du pied de sa fille et l'offre à son mari. En recevant sa pantoufle, il devient son protecteur.

Une ancienne coutume russe voulait qu'au repas de noce, la serviette de la mariée soit pliée en forme de cygne et celle de son mari en forme de chaussure. Le soir venu, la mariée devait déchausser son époux.

Une femme qui désire avoir beaucoup d'enfants portera sur elle un morceau de vieille chaussure. De même, les Inuits

d'Amérique du Nord lancent des chaussures à la mariée. Chez les Chinois Miaos, les jeunes femmes ont l'habitude d'offrir des semelles intérieures à leur amoureux en témoignage d'amour. Elles brodent des fleurs ou des papillons pour que leur fiancé ne cesse de penser toujours à elles, ou encore des couples de canards mandarins ou des dragons et des phénix pour signifier leur amour.
Quand une paire de chaussures est offerte par le marié, c'est une manière de manifester son désir. Autrement dit, si votre mari vous offre une paire de chaussures pour la grande occasion, vous n'avez plus qu'à lui dire « Je suis toute à toi ». Le désir est ainsi très présent dans le rite de voler le soulier de la mariée sous la table (on retrouve l'aspect caché de la sexualité). L'époux doit alors verser une compensation financière pour la récupérer. C'est l'occasion de faire une vente aux enchères pour faire monter la pression amoureuse du marié...

- ***Vous pouvez choisir pour la cérémonie de marcher pieds nus sur le chemin de votre nouvelle vie, proches de la terre, de vos ancêtres, ou simplement pour le plaisir d'un contact sensuel et rassurant.***

- ***Vous pouvez ouvrir la première danse pieds nus.***

La ceinture : chasteté ou soumission ?

Offerte par le fiancé, la ceinture est elle aussi un autre symbole d'attachement et de dépendance. Liant, elle entraîne en échange la soumission. Elle est intimement liée à la chasteté et à la fécondité. Ainsi, les veuves au Moyen Âge déposaient leur ceinture sur la tombe de leur époux.
À l'inverse de la ceinture de chasteté, imposée par le seigneur et maître, la jeune fiancée gréco-romaine porte fièrement le jour de son mariage la ceinture de l'hymen, symbole de la vierge, qu'elle laissera le soin à son époux de dénouer le soir de la noce. Lors de leur mariage, les jeunes filles de l'Antiquité faisaient souvent le sacrifice de leur ceinture, marque

de leur virginité. Après la célébration, elle était suspendue au temple de Diane puis enlevée par le jeune marié à qui elle appartenait.

Chez les Turcs, le père de la mariée noue une ceinture rouge autour de la robe de mariée de sa fille avant le départ pour l'église… Chez les Bohémiens, c'est le marié qui offre à sa femme une ceinture avec trois clés pour protéger sa chasteté.

Pourquoi ne pas offrir une ceinture à son mari pour renverser un peu l'ordre des choses ?

8

Chevelure

Vive la liberté

Chez les bouddhistes, on dit que la coupe des cheveux conjure les malheurs possibles. Le futur Bouddha, lorsqu'il abandonna la vie princière, trancha sa chevelure d'un coup d'épée. Il renonçait au pouvoir et à la puissance. La coupe des cheveux est un sacrifice, une renonciation à l'apparence.

Traditions

En Grèce, la veille du mariage, le fiancé se fait couper les cheveux. En échange, les invités présents lui donnent un petit pécule. Le jour même, il est rasé par ses amis. Tout « neuf » et prêt à partir, sa mère lui remet une paire de ciseaux qu'il gardera toute la journée en poche pour être protégé des esprits jaloux.
Chez les Slaves, le dernier acte de la transformation de la jeune fille en femme est très symbolique. Guidée par des femmes mariées dans une pièce isolée, on enlève à la mariée sa couronne, symbole de la jeune fille célibataire, que l'on remplace par un bonnet ou un foulard pour cacher ses cheveux. Ainsi la Vierge ne porte de voile qu'après son mariage avec Joseph... Quitter le statut de jeune fille n'est pas une décision facile : à trois reprises, la jeune femme slave jettera à terre le symbole de la femme mariée avant de s'en coiffer...
En Chine, la veille du mariage, la mariée s'assied à sa fenêtre à la lumière du clair de lune pour un rituel de passage à l'âge adulte. Ses cheveux sont peignés à quatre reprises par une amie : la première pour symboliser le voyage de la vie, la seconde pour

une vie d'harmonie, la troisième pour avoir des fils et des petits-fils, la dernière pour avoir une union riche et durable.
Attachés, détachés, couverts d'un foulard, nattés, les cheveux sont un signe de la réserve ou de la liberté d'une femme. Ils sont souvent comparés à une provocation sensuelle.
En Russie, la femme mariée cache ses cheveux sous un foulard. Les jeunes filles portent une natte unique, signe de virginité, tandis que les femmes mariées en portent deux.
En Pologne, la veille du mariage, la mère de la mariée lui fait deux tresses. Cela marque son nouveau statut d'épouse. Des cheveux lâchés manifestent le désir d'indépendance…
Pour cacher leurs cheveux, les juives fondamentalistes mariées portent une perruque jugée plus esthétique que le foulard ou le turban. Elles en ont même plusieurs…

Le rituel de l'œuf

Les œufs, parce qu'ils portent une semence de vie, symbolisent tout naturellement, dans de très nombreuses traditions du monde, la fécondité. À Djerba, la mariée sépharade casse des œufs sur le montant de la porte de sa future maison ; dans le Maghreb, on lui casse un œuf sur la tête avant de lui nouer les cheveux. En Corée, chaque invité reçoit en souvenir du mariage un œuf peint, symbole de fertilité.

Bas les cornes !

Les **Japonais** pensent que les femmes ont une tendance naturelle à être jalouses. Dans ce cas, des cornes leur poussent sur le front. Certaines familles offrent ainsi à leur fille une coiffe de mariée adaptée : le *tsunokakushi* (littéralement « cacher ses cornes ») est une sorte de bandeau blanc censé prévenir la croissance des cornes de la jalousie !

***Léa et Charles** ont demandé à tous leurs amis de porter un chapeau de paille le jour de leur mariage. Cent chapeaux, joyeux et inspirés, se sont retrouvés sur la place du village. La robe de la mariée était aussi en paille, pour saluer et remercier leurs amis de les entourer de leur présence.*

La couronne : joie et martyre

La couronne nuptiale symbolise la couronne des élus et appelle sur eux la protection de Dieu. Placée au sommet de la tête, elle marque un accomplissement, une victoire sur les ténèbres et le péché, et sa forme circulaire indique sa perfection. Elle capterait les vertus du ciel…

Hier composée de simples mélanges d'herbes – ainsi, la verveine, symbole de fécondité, a eu ses heures de gloire dans la Rome antique –, elle s'est peu à peu habillée de fleurs blanches, avec une prédilection pour les fleurs d'oranger. En effet, l'oranger, qui porte en même temps des fleurs et des fruits, est un symbole de réalisation et de bonheur. En Suisse, la couronne de la mariée, à la fin de la cérémonie, est brûlée. Si elle brûle rapidement, on dit qu'elle sera heureuse.

En Grèce, la couronne est souvent réalisée en myrte pour écarter les mauvais esprits. Aujourd'hui encore, le myrte signale toujours une jeune fille vierge au mariage. Pour les orthodoxes, les couronnes sont des couronnes de joie mais aussi des couronnes de martyre car chaque vrai mariage demande de part et d'autre beaucoup d'abnégation.

• Cachez un secret dans votre chignon, que vous dévoilerez dans l'intimité le moment venu… Dissimulez-y un porte-bonheur de votre enfance ou de votre histoire… Ou encore quelques graines - blé, riz coloré, symbole de fertilité -, un cristal, une pierre de lune, un épi de blé, un ruban d'or, un ruban rouge, une clé…

9

COLOMBE

Libérez la paix

Le vol des oiseaux les prédispose à servir de symbole aux relations entre le ciel et la terre. Métaphore célébrant la femme, la colombe est un symbole de pureté et de simplicité. Quand elle rapporte un rameau d'olivier dans l'arche de Noé, la colombe devient également symbole d'espoir et de bonheur retrouvés. Chez les païens, elle représente l'accomplissement amoureux: chez les judéo-chrétiens, ce que l'homme a d'impérissable. Sans oublier que la colombe est un animal éminemment sociable…

Au printemps, les Carthaginois célébraient Erice, la déesse de l'amour, avec un lâcher de colombes qui partaient vers l'Afrique. À l'automne, les colombes revenaient avec la déesse…
Lâcher des colombes à un moment fort de votre cérémonie, c'est leur laisser prendre leur envol, les regarder partir vivre leur vie… C'est aussi vouloir libérer et transfigurer votre amour.

Oie : ne me quitte pas !

L'oie sauvage, aujourd'hui devenue un symbole de la fidélité conjugale, était hier un signe: lorsqu'un jeune homme offrait une oie à une jeune fille, cela signifiait qu'elle devait mettre un terme aux résistances de sa pudeur sexuelle, comme les animaux sauvages au début du printemps. En Corée, le fiancé vient demander la main de sa femme, monté sur un poney blanc, et il offre aux parents un couple d'oies. Le jour de son mariage, il est d'ailleurs traditionnel de manger du canard ou de l'oie. En Afrique du Sud, les parents de la mariée, pour montrer qu'ils estiment leur gendre et se réjouissent du mariage, tuent une oie la veille de la noce en l'honneur du marié.

• ***Un lâcher de colombes s'organise en se procurant des colombes dans une animalerie ou auprès d'éleveurs. Certaines sociétés d'organisation d'animation, DJ, traiteurs, etc., pourront également l'organiser pour vous.***

En **Arménie**, mais aussi en **Italie** ou encore aux **Philippines**, deux colombes sont lâchées après la cérémonie de mariage. En libérant les oiseaux, le couple marque sa volonté de répandre la paix.

10

Couleurs

Savoir s'y retrouver

Les couleurs demeurent un élément très subtil et très énergisant de ce que l'on peut apporter à un site, à un lieu, à une pièce, à un élément décoratif, à un vêtement, à un bijou... et jusqu'à la décoration d'une table ou à l'harmonisation des couleurs d'un plat.

En effet, les vibrations énergétiques apportées par les couleurs participent à la vie d'une manière très subtile. Pour les praticiens taoïstes, qui furent à l'origine de la médecine chinoise, la couleur est pure énergie et cette énergie influe très profondément non seulement sur le psychisme (*shen*), mais également sur les organes et sur leurs fonctions. Chaque ton envoie sa vibration et porte sa propre force d'impact, sa charge d'influence. Ce sont des énergies vivantes.

Bien que tout soit question de proportion et que toutes les couleurs puissent cohabiter à condition de savoir les répartir, certaines associations – dans une perspective taoïste – sont à déconseiller...

• Le noir et le rouge sont à éviter car l'eau (noir) éteint le feu (rouge).

• Le jaune et le vert finissent par provoquer une sensation de malaise car le bois (vert) se nourrit de la terre (jaune)... Si on souhaite tenter cette combinaison, faire en sorte que le vert soit réellement minoritaire.

• Le blanc et le rouge font plutôt mauvais ménage car le feu (rouge) fond le métal (blanc)... En revanche, du blanc avec un simple filet rouge est énergétiquement « acceptable ».

• Le blanc et le vert ne s'accordent qu'à condition que le vert domine le blanc car le bois (vert) est tranché par le métal (blanc).

Comme les **Chinois**, lâchez des ballons rouges et blancs pour introduire le repas.

Quelques pistes pour choisir les couleurs des vêtements, des bouquets, de la décoration...

Il existe bien une magie des couleurs. Apprenez à en jouer. Il faut savoir équilibrer les couleurs entre elles. Elles sont autant de signes, autant de messages. Leur palette est infinie : la vie se compose de leurs mélanges et de leurs interdépendances.

Bleu : couleur du ciel, symbole de l'air, le bleu est la couleur de la sagesse, de la communion des âmes, de l'amour tendre. Le blanc et le bleu sont les couleurs mariales et expriment le détachement des choses terrestres. Le bleu porte une promesse de liberté et d'harmonie. C'est la couleur la plus profonde et la plus immatérielle. Elle ne bloque pas le regard : comme un oiseau se noie dans le ciel, on dit qu'un mur bleu cesse d'être un mur... C'est aussi la couleur du rêve. Un environnement bleu calme et apaise. Dans certaines régions de Pologne, on peint en bleu la maison des jeunes filles à marier. Associé à du rouge : amour fidèle ; avec du blanc et du mauve : adoucissement angélique.

Jaune : couleur de l'or et du soleil, le jaune symbolise les dieux, la lumière et l 'éternité. C'est la couleur la plus expansive, la plus chaude, celle qui véhicule la jeunesse et la force, celle du triomphe et de la liberté intérieure. Vive, elle est active ; pâle, elle repose. Elle a un effet éclairant, éveillant. Le jaune agrandit les espaces tout en les magnifiant. Couleur suprême pour les Chinois car couleur de la terre fertile, le jaune est réservé aux empereurs et recommandé pour la fertilité.

Mauve : couleur de la chasteté, de la pureté.

Orange : couleur de l'équilibre de l'esprit et des sens, de la beauté et de la grandeur. La couleur orange, comme le fruit, est gorgée de substance. Symbole de la joie sereine, de la force équilibrée, elle pousse à l'optimisme. C'est une couleur qui réjouit l'âme.

Rose : la couleur rose, symbole de régénération, est la couleur de l'amour et du don de l'amour. Associée à du vert, elle devient image de la rosée. Avec du bleu ou avec du blanc : amour timide ; avec du rouge : amour heureux. La mariée vietnamienne porte un châle rose, comme en Inde. Chez les chrétiens, le rose est la couleur des fiançailles.

Rouge : symbole de feu et de sang, la couleur rouge est liée au soleil et à l'été, mais sa symbolique est ambivalente : comme le sang, caché, il est la condition de la vie ; répandu, il signifie la mort. C'est une couleur matricielle. Le rouge est la couleur de la pudeur mais aussi celle de la passion et de l'amour sans déclin. Comme le sang est une sève pour l'homme, on dit que le rouge excite l'érotisme et l'enthousiasme. Couleur puissante, il est bon de savoir la doser.
De nombreuses traditions ont choisi le rouge comme couleur des noces : les Lapons, les Chinois, les Japonais, les Pakistanais, les Arméniens... En Extrême-Orient en particulier, c'est la couleur de la vie, de l'union et de la vitalité sexuelle. Le rouge signifie la présence de joie dans une maison...

Vert : chaque printemps, la couleur verte rapporte l'espoir au cœur de l'homme. Le vert symbolise le renouveau de la végétation : il est croissance et fertilité. Il désigne la vie dans son état permanent, il est la régénération par les actes. La couleur verte est message de vie. C'est la couleur la plus apaisante qu'on puisse trouver. Pour les Arabes, le vert est la couleur du paradis et de la connaissance. Elle cacherait un secret et serait la couleur mystique par excellence.

11

EAU ET FEU

S'adapter et se protéger

L'eau est source de toute vie. Elle lave le corps et l'esprit et adoucit la chaleur ardente du feu qui réchauffe, éclaire et purifie. De ce fait, l'eau et le feu furent toujours considérés comme les meilleurs moyens de résister aux fantômes et aux mauvais esprits. En conséquence, on mettait généralement en évidence, dans les mariages, des feux sur les autels et des chandelles allumées, et l'on faisait des aspersions d'eau bénite. L'eau est également le symbole de l'adaptabilité : elle s'adapte à tout sans jamais perdre son identité.

« Bénir l'eau ne sanctifie pas l'eau mais l'autre homme, tous les hommes. » (Gilles Bernheim)

L'eau et le feu peuvent se rejoindre pour créer un thé ou une infusion de mariage. C'est la vitalité du feu qui défie le calme de l'eau, symbole de pureté. On peut faire infuser des plantes, des épices ou des herbes locales. Prévoir un thermos d'eau chaude (voir la recette du thé de mariage, p. 212).

Traditions

Chez les Tibétains, l'eau est le symbole des vœux, des engagements. Les Orientaux la regardent comme un signe et un symbole de bénédiction. Chez les Lapons, les deux familles scellent leur union avec une flamme obtenue en frottant deux morceaux de roche. Comme l'étincelle qui jaillit de la pierre, des enfants jailliront du feu de l'amour des jeunes gens. En Afrique du Sud, les parents des mariés apportent chacun une pierre de leur foyer pour allumer un nouveau feu dans la nouvelle maison du couple.

Le bain nouveau

La vertu purificatrice et régénératrice du bain est connue et attestée chez tous les peuples, dans tous les temps. C'est l'un des premiers rites sanctionnant les grandes étapes de la vie. L'eau efface l'histoire car elle rétablit l'être dans un état nouveau. L'eau est aussi fertilisante. D'où le bain rituel des fiancées. Chez les juifs, le bain rituel, le *mikvé*, a un pouvoir exclusivement spirituel. En Inde, l'eau du bain est additionnée d'huiles essentielles et de poudre de tamarin.

Brûler ses peurs

Flora n'a pas traversé que des périodes roses avant d'épouser Jules. Très affectée par un divorce trois ans auparavant, elle a mis du temps avant d'accepter de s'engager à nouveau. Pour pouvoir dire oui à Jules, elle ressentait le besoin de se défaire symboliquement de son passé. Elle a inscrit ses doutes et ses craintes liés au mariage sur une feuille de papier. Elle en a officiellement fait part à Jules la veille du mariage lors d'un moment précieux qu'ils ont partagé. Il s'est livré au même exercice. Le lendemain, ils ont placé un bol métallique sur l'autel de la cérémonie. L'un après l'autre, ils se sont adressé leurs vœux de mariage en ajoutant : « Je regarde notre avenir avec espoir car tu connais mes peurs et je connais les tiennes. Aujourd'hui je les chasse en t'ouvrant mon cœur. » Ensemble, ils ont brûlé leurs peurs dans le bol en allumant les feuilles à l'aide d'une bougie.

Superstition : il faut sauter neuf feux dans la nuit de la Saint-Jean pour se marier dans l'année.

• Versez de l'eau sur le sol (en extérieur) pour en offrir à la terre abritant vos ancêtres mais aussi pour celle qui nourrira vos enfants.

• Vous pouvez choisir de vous laver mutuellement les mains ou les pieds pour manifester que vous voulez rester au service l'un de l'autre.

• De même, vous pouvez mettre à la disposition de vos invités une grande vasque avec de l'eau pure (ou de l'eau de rose, de lavande ou de romarin). Ils s'y tremperont les mains avant la cérémonie : aujourd'hui, tout le monde se purifie symboliquement le cœur…

• En extérieur, le mariage peut se dérouler autour d'un feu. Soyez vigilants pour les questions de sécurité.

• Avec un colorant alimentaire naturel (respectueux de l'environnement), on peut transformer l'eau d'une source en eau rouge : le miracle biblique de Cana se renouvelle symboliquement, l'eau devient vin. On trouve ces colorants au supermarché au rayon pâtisserie, ou chez les traiteurs.

12

ENCENS

Les grains du paradis

L'encens est une résine vénérée depuis l'Antiquité, « parfum céleste de sainteté ». Il porte la prière vers le ciel. Les colonnes de fumée qui s'élèvent symbolisent la jonction du ciel et de la terre et une spiritualisation de l'homme. L'usage de l'encens associe le fini à l'infini, le mortel à l'immortel, l'homme à la divinité. Faire brûler de l'encens serait comme rendre un culte parfait, un sacrifice non sanglant. Ainsi, l'expression « s'envoler en fumée » aurait une signification plus souvent positive que négative. La présence divine est invitée à s'associer à la cérémonie. L'encens a par ailleurs une symbolique de purification. On s'en sert notamment pour mettre en fuite les esprits mauvais. C'est ainsi que, pendant les bains rituels de purification de la mariée, on fait brûler de l'encens.

Encens, mode d'emploi

Les encens traditionnels, vénérés depuis la nuit des temps, sont en grains ou en morceaux. Leur effet est plus important que les encens d'ambiance, que vous trouvez en cônes ou en bâtonnets. Si cela vous paraît plus simple d'utiliser les encens d'ambiance, sachez qu'un bâton d'encens qui se casse ou qui tombe laisse une trace indélébile sur le parquet ou la moquette. Il est prudent de placer une assiette assez large sous le bol recevant l'encens qu'on brûle. Si vous n'avez pas de porte-encens, remplissez un joli bol de sable propre pour y planter les bâtons.
En Orient, l'encens se brûle en quantité impaire (1,3,5, etc.) à moins qu'il ne soit destiné à honorer les morts : il est alors placé par paires.

• Pour obtenir un maximum d'efficacité, un encens traditionnel doit être « chauffé » et non pas brûlé. Vous le placez sur un charbon ardent et, une fois celui-ci rouge, vous déposez quelques grains. Attention, c'est très chaud. Il ne s'enflamme pas, mais se consume lentement en dégageant une senteur qui modifie la vibration et la fréquence de l'espace. Pour qu'il dégage son parfum, il faut donc le déposer sur une source de chaleur (charbon allumé) : l'essence de l'encens sera alors libérée.

13

Fleurs

Plus que belles

La fleur est associée dans le monde entier à la jeunesse. Elle symbolise la joie de vivre qui éclate au sortir de l'hiver. Depuis l'aube des temps, les jeunes mariées portent ici des couronnes d'immortelles sur la tête, là une guirlande d'œillets orangés autour du cou ou tiennent un bouquet de roses blanches à la main. Le parfum et les couleurs des fleurs complètent la beauté de la mariée. Les témoins, parents et enfants d'honneur portent souvent une fleur à la boutonnière pour les distinguer des autres invités. Le marié lui-même pique une fleur du bouquet de sa fiancée au revers de son costume, en souvenir de l'époque où les chevaliers arboraient les couleurs de leur dame pendant les tournois.

Chacune son tour

Le lancer du bouquet de la mariée est organisé avec les femmes célibataires présentes. La mariée tourne le dos à ses amies et lance le bouquet en l'air, loin derrière elle. Celle qui l'attrapera aura une année de chance et trouvera peut-être un amoureux…

Traditions

Au XIXe siècle, les jeunes mariées portaient une coiffe de mariage et un bouquet de quelques petites fleurs attachées par un ruban. On pensait aussi qu'offrir un bouquet d'herbes odorantes et d'épices éloignerait les mauvais esprits, la mauvaise santé et le malheur. L'ail et la ciboulette ont acquis cette réputation. Chez les Romains, le bouquet symbolisait une femme en fleurs. Inversement, en Inde, la mariée porte dans ses cheveux des boutons de fleurs non éclos. Un symbolisme délicat…

Selon la région, on fixait au décolleté de l'épousée des feuilles de lavande, de thym ou de romarin pour qu'elle se sente rafraîchie pendant la cérémonie. Le romarin, auquel on attribue la propriété de raffermir la mémoire, est devenu l'un des symboles de la fidélité. Le lierre est presque incontournable dans une cérémonie de mariage. Il symbolise la permanence de la force végétative et la persistance du désir. Le lierre représente le mythe de l'éternel retour. D'autres y ajouteront des fougères, symbole de l'humilité, de la franchise et de la sincérité. Le myrte, fleur de la vie, est utilisé pour les couronnes orthodoxes mais aussi en Autriche ou au pays de Galles. Le lys, fleur mariale et emblème des vierges, est un grand classique des mariages. Dans certaines régions françaises, on met une petite ronce dans le bouquet pour signifier que la vie n'est pas un long fleuve tranquille. Une façon de conjurer le sort…

Une bonne idée à retenir : en Saumurois, pour remercier des cadeaux, la mariée offre une fleur blanche aux femmes et le marié une fleur rose aux hommes. Des communautés religieuses se sont spécialisées dans l'art de transformer un bouquet de mariée en chapelet avec les pétales. En Provence, le bouquet sera offert à la Vierge à la fin de la cérémonie.

Les roses de l'engagement

*Le maître de cérémonie tend à **Babeth et Charles** deux roses rouges, pour symboliser les choses terrestres. Ils se les offrent mutuellement pour marquer leur entente physique. Puis l'officiant leur tend deux roses blanches, symboles de la pureté de leur amour. Sur chaque tige est attachée une alliance, signe de ce qui n'a ni commencement ni fin. Les époux s'offrent les alliances l'un à l'autre en se promettant devant l'assemblée de leurs amis d'être unis sans chercher à se posséder, de se rejoindre sans se restreindre, de s'encercler sans s'emprisonner…*

Le langage amoureux des fleurs au XIXe siècle

• Amaryllis rouge : je te respecte du fond de mon âme.
• Fleur de cerisier : que la rougeur qui vient colorer mes joues à ton arrivée te révèle la tendre inclination que j'éprouve pour toi.
• Colchique d'automne : mon cœur brûle d'amour pour toi.
• Dahlia : mon cœur est à jamais auprès de toi ; seul le cœur révèle où est la patrie de chacun, et non son corps.
• Iris bleu : je reste passionnément amoureux de toi.
• Lavande : me souvenir de toi est ma seule joie.
• Myosotis : trois mots suffisent à exprimer le désir de te revoir : ne m'oublie pas.
• Œillet rouge : d'ardents désirs soulèvent ma poitrine.
• Fleur de pommier : la flamme de l'amour va-t-elle faire rosir tes douces joues ?
• Primevère : la clé qui ouvre les portes de mon ciel se trouve dans ton cœur.
• Pétales de rose blancs : non !
• Pétales de rose rouges : oui !
• Thym : l'union des âmes est ce qu'il y a de plus précieux.
• Feuilles d'orme : notre amour doit rester secret.
• Branche d'abricotier : je t'adore, ô ange de ton sexe.

La rose éternelle

On fait remonter l'origine de la rose, « reine des fleurs », à la mort d'Adonis, amant d'Aphrodite : son sang aurait fait naître les premières roses rouges... Dans le monde entier, la rose est devenue un symbole de pureté, de beauté et d'amour. Elle désigne une perfection achevée, un accomplissement sans défaut.

Pour autant, la rose a des épines. La symbolique des épines rappelle aux mariés que, de même que les roses ne sont pas seulement belles et odorantes mais aussi piquantes, la vie n'est pas sans difficultés. C'est dans cet esprit que de nombreux bouquets de mariées

Superstition :
en Bretagne, le mariage dans l'année est garanti si l'on trouve au réveil un chardon fleuri.

• *Prévoyez un vase de fleurs pour l'autel et offrez une fleur à chacun des parents pour leur rendre hommage et symboliser le départ vers votre nouvelle vie.*

• *Vous pouvez aussi prévoir une fleur par invité et la leur remettre à la fin de la cérémonie : une couleur peut être prévue pour les hommes, une autre pour les femmes, pour donner un air coloré à la fête…*

• *Demandez à chaque invité de venir muni d'une fleur. Disposez-les en bouquet pour décorer la cérémonie ou la fête.*

• *Confiez une fleur à chaque personne qui intervient dans la cérémonie – lecture, allocution… Elle la déposera dans un vase prévu à cet effet. À la fin de la cérémonie, le bouquet de mariage est constitué.*

• *Soyez créatifs dans vos bouquets : osez les bouquets de légumes et de fruits pour les centres de table ; jouez les couleurs de saison, sans oublier le rouge du mariage (tomates, cerises, poivrons, pommes, fraises…). Vous pouvez aussi disséminer des bouquets d'épices et d'herbes aromatiques (menthe, verveine, sarriette, cannelle, lavande)…*

• *Pour les réfractaires à l'alliance, échangez une fleur.*

• *Il existe des « bombes » de fleurs, pour une explosion de pétales, en vente dans des magasins de décoration.*

• *Dans l'Antiquité, le chiffre 5 était celui du mariage. Alors pourquoi ne pas faire son bouquet avec cinq fleurs ? Une autre suggestion ? Le chiffre 8 est celui du départ dans une vie nouvelle et le chiffre 10, celui de l'accomplissement…*

ont un morceau de ronce. Si votre bouquet comporte des roses, la ronce n'est plus nécessaire.
En France, le matin de son mariage, la jeune femme jette des pétales de rose dans un étang ou dans un ruisseau, acte symbolique d'adieu à sa vie de jeune fille. Au Tyrol, le fiancé offre un bouquet de roses à sa promise le matin des noces. La rose nous dit aussi une chose : si la fleur fane, Dieu demeure.

Le langage des roses

- Rose rouge : « je t'aime », respect, courage.
- Rose blanche : silence, humilité, innocence, pureté, dignité.
- Rose jaune : infidélité, jalousie, perte de l'amour.
- Rose rose : bonheur, grâce, gentillesse.
- Rose orange/corail : enthousiasme, désir.
- Rose tons pastel : amitié.
- Une seule rose : simplicité.
- Rose en pleine floraison : gratitude.
- Couleur thé : « je me souviendrai toujours de toi ».
- Rose en bouton : jeune amour.
- Rose ouverte : engagement.

Pour les alchimistes, une rose bleue serait le symbole de l'impossible…

14

GÂTEAU

N'oubliez pas les absents

Pendant longtemps, la mariée a découpé seule le gâteau. Cela signifiait la perte imminente de sa virginité. Les demoiselles d'honneur distribuaient ensuite les parts. Le gâteau de noces doit être suffisamment gros pour que personne ne soit oublié. Pas même les absents... En effet, le mariage est le début d'une aventure de partage... Une bonne raison pour être généreux et créatif !

Aujourd'hui les mariés découpent ensemble la première part, la main du marié sur celle de son épouse. C'est un signe de fertilité. Au sommet du gâteau, généralement sous la forme d'une pièce montée, les époux échangent des vœux.

Traditions

Les Grecs jetaient du gâteau sur les mariés comme nous lançons des confettis aujourd'hui. Dans les mariages romains, les mariés découpaient un gâteau de fleurs, de sel et d'eau et se partageaient un morceau, cela devait leur apporter l'abondance, le bonheur et beaucoup d'enfants. À Athènes, la mariée mangeait la première part d'un gâteau de sésame, censé lui assurer une longue descendance. Le reste était ensuite jeté sur sa tête. Les invités, qui pensaient qu'ils allaient partager un peu les bénédictions qui y étaient attachées, se précipitaient pour en avoir un morceau.

Aujourd'hui encore, rompre le gâteau de mariage (galette d'avoine dans l'ouest de l'Irlande, sablé en Écosse) sur la tête de l'épouse porte bonheur.

À l'époque victorienne, les jeunes filles célibataires mettaient des miettes du gâteau des mariés sous leur oreiller pour rêver de leur futur mari. Les invités qui n'avaient pu assister à la cérémonie recevaient également leur part de gâteau. C'est encore le cas dans de nombreux pays du monde, dont la Jamaïque. Chez les sépharades de Jérusalem, pour accueillir la mariée dans son nouveau foyer, on casse un gâteau spécialement conçu à cet effet, le *ruskah*, sur la tête des mariés.
En Iran, ce sont des miettes d'un gâteau sucré qui sont déposées sur la tête du couple pour porter chance.
En Chine, le gâteau traditionnel est fait de différentes couches, il est très haut. Les couches symbolisent une échelle dont le couple gravira les barreaux avec succès.
Même symbole en Islande où le gâteau a une forme pyramidale avec des amandes en forme d'alliances superposées.
À Sumatra, le gâteau de mariage est fait à partir de farine de riz et de lait de coco, symbole de la douceur du mariage.
En Crète, les gâteaux ont des formes célestes : lunes et étoiles. Ils sont pleins d'épices mais aussi de saveurs plus douces pour représenter les douceurs de l'amour et du mariage.
Un peu partout dans le monde, les fruits secs imbibés de rhum ont la cote. En Inde, le gâteau au rhum est caché sous un linge de table blanc très fin ; tous ceux qui réussissent à y jeter discrètement un coup d'œil sont assurés d'avoir de la chance sous peu.

- *Faites placer dans le gâteau des fèves porte-bonheur pour les invités : un cœur pour l'amour, une pièce pour l'abondance, une bague pour le mariage, des jouets pour les enfants...*

- *N'oubliez pas d'envoyer une part de gâteau aux absents. C'est une tradition universelle qui existe depuis la nuit des temps...*

15

GRAINES

C'est la vie !

Le symbolisme des graines est en relation avec les rythmes de la végétation. Elles portent en elles le mystère de la vie et de la mort. En mourant pour renaître et se multiplier des mois plus tard, le grain apporte la subsistance de l'homme.

Comme le pain en Occident, le riz est la nourriture essentielle en Asie. Il symbolise la pureté première et est même utilisé dans les mariages occidentaux. Le riz représente aussi l'abondance, et il est promesse de bonheur et de fécondité. La plus petite des graines n'est-elle pas appelée à devenir un arbre ?

Traditions

On lançait à Rome amandes et noix, symboles de fécondité. Aujourd'hui, dans de nombreux pays, ce sont des grains de riz. De nombreux peuples du Proche-Orient ont depuis longtemps coutume de jeter des graines sur les nouveaux mariés ; c'était un rite magique censé assurer la fécondité et la richesse. Les bouddhistes utilisent du riz blanc, rond de préférence.

Dans certaines régions d'Inde, le mariage est scellé une fois que chacun des époux a mangé trois bouchées de riz au safran, dont la couleur augure d'une union éternelle. À Sumatra, la

Superstitions

- ***Une personne qui souffle toutes les graines d'un pissenlit peut être assurée de se marier dans l'année.***
- ***On jette du riz sur les nouveaux mariés en signe de fécondité et d'abondance. Si on jette des confettis, ceux-ci ne doivent pas toucher leur peau nue.***

mariée est accueillie par une pluie de riz jaune au tamarin, en signe de bénédiction.
Après la cérémonie de mariage slave, on fait asseoir la mariée sur une peau de mouton et ses amis jettent sur elle des graines de pavot et des pois. Bienvenue à toi et aux enfants que tu porteras...
Dans le même esprit, lorsqu'un couple jurassien arrive dans sa demeure après le mariage, la mère du marié leur jette plusieurs poignées de blé, fèves, pois, pour leur souhaiter la prospérité.
Selon un ancien rite païen, une union célébrée sous les graines assure un mariage fécond : la fertilité de la graine se transmettait au couple sur lequel elle tombait.
« Sésame, ouvre-toi » : c'est avec cette incantation extraite d'un conte des *Mille et une nuits* qu'Ali Baba ouvre la porte secrète de la caverne au trésor. Le sésame est en effet perçu comme un symbole de richesse : quand la gousse de sésame s'ouvre, c'est pour libérer des trésors de bienfaits. En Inde, les graines de sésame sont symboles d'immortalité. De plus, il paraît qu'il rend intelligent puisque ce serait la seule nourriture emportée par Lao-tseu lors de son voyage vers le mont Kouen Louen, le Centre du Monde.

Au **Japon**, pour souhaiter du bonheur à quelqu'un, on lui offre des grains de riz colorés en rouge.

Jetez des graines de tournesol

Fleur du soleil, le tournesol est une plante géante perchée à deux ou trois mètres de haut. Il est le symbole de la capacité à s'adapter pour parvenir à ses rêves. Chaque fleur comporte des dizaines de graines. Vous pouvez en jeter à la sortie de l'église. De plus, les oiseaux en raffolent.

« En vérité, en vérité, je vous le dis, si le grain de blé qui est tombé ne meurt, il reste seul; mais s'il meurt, il porte beaucoup de fruits. » (Évangile de Jean 12, 24)

• *Vous pouvez remplacer le riz lancé sur les mariés par des pétales de fleurs fraîches et des confettis, plus gais et colorés.*

• *Des pétales de fleurs peuvent aussi être jetés au sol sur le passage des mariés.*

• *Attention au riz que vous lancez sur les mariés et qui attire les oiseaux. Celui à cuisson rapide gonfle dans le ventre des oiseaux qui les picorent et peut les tuer. Préférez des graines d'oiseau, c'est plus écologique, original et tout aussi symbolique.*

Idée cadeau

Des artistes chinois gravent votre nom ou un mot sur un grain de riz qu'ils disposent ensuite dans un petit tube de verre. On en rencontre de plus en plus dans les lieux touristiques en France.

16

HENNÉ

Bénir la beauté

Le henné est une plante prolifique et abondante qui symbolise avant tout la bénédiction. Chez les musulmans comme chez les hindouistes et les juifs sépharades, la cérémonie du henné est comparable à celle au cours de laquelle on revêt une reine de sa tenue d'apparat lors de son couronnement. Le henné, dans un premier temps, est censé embellir la nouvelle mariée et la rendre désirable aux yeux de son époux : les reflets roux de sa chevelure sont considérés comme éminemment érotiques. Le but de la cérémonie est aussi de détourner le mauvais œil car la mariée est tenue pour être très vulnérable.

Combien de temps dure un tatouage au henné ?

Le tatouage au henné se conserve de deux à trois semaines selon la température de votre corps. Si vous désirez un tatouage d'un soir, tamponnez-le légèrement avec un linge imbibé de jus de citron, d'ail, de poivre et de sucre et, le lendemain, retirez le henné avec de l'huile d'olive.

Traditions

Chez les juifs et chez les musulmans, la cérémonie du henné s'appelle la *hinnah*. Dans la tradition, la nuit du henné précède de sept jours (sept jours de pureté chez les juifs) la cérémonie de mariage et elle se déroule entre femmes. Pourtant, aujourd'hui, de plus en plus de jeunes femmes préfèrent aller bronzer en institut plutôt que de se plier à cette tradition…

L'application du henné a lieu avant le changement d'état qu'entraîne le mariage. Elle est essentielle en raison du caractère protecteur qui lui est attribué. On dit que les extrémités du corps sont particulièrement vulnérables et peuvent permettre aux mauvais esprits de pénétrer dans le corps pour accéder aux centres vitaux. Le henné a des vertus antiseptiques et purificatrices. Appliqué sur les mains et sur les pieds, il protège la mariée de toutes les influences négatives. Le rouge qui est sur les ongles (la couleur dure entre quatre et cinq mois) évoque aussi l'union sexuelle à venir.

- *Vous pouvez trouver facilement dans des boutiques un peu « hippies » des kits pour appliquer le henné à l'aide d'une seringue : très facile à appliquer, il vous permet d'effectuer un dessin précis. (Les Monoprix vendent des stylos pour la peau au rayon maquillage.) Pour s'amuser, vous pouvez proposer des motifs à vos invités. Les enfants adorent.*

- *Chaque invité peut être marqué d'un signe de henné sur un doigt ou sur la main : tout le monde a droit à une place au paradis...*

- *Pour vous marquer d'un symbole éphémère, pensez aux bijoux autocollants.*

La cérémonie turque

C'est une fête réservée aux femmes qui constitue pour la jeune fille la dernière occasion de se retrouver avec ses amies. C'est aussi la dernière nuit qu'elle passe dans la maison paternelle. On danse et l'on chante en dégustant des pâtisseries et des fruits secs. Plus tard, la belle-mère arrive avec le henné. Le fiancé peut participer à la fête. S'il n'y participe pas, il doit néanmoins rester dans les parages pour entrer au moment phare où l'on place le henné dans les mains des fiancés. Les fiancés sont alors assis côte à côte. On place un voile rouge sur le visage de la jeune fille et pendant que l'on pose du henné dans les mains des fiancés (l'homme n'en imprimera que sur son petit doigt), l'assistance chante des chansons tristes qui évoquent le départ de la jeune fille. Il arrive que la mère et la fille pleurent. On noue ensuite de jolis fichus rouges brodés autour des mains des fiancés pour que le henné sèche et s'imprègne bien. Pendant que le plateau de henné est ensuite passé aux invitées, les fiancés exécutent des danses populaires, face à face, les bras ouverts et en claquant des doigts. Ensuite seules les jeunes filles restent avec la fiancée pour sa dernière nuit de célibataire.

17

MIEL

Un aliment des dieux

Lait et miel, souvent associés dans les livres sacrés d'Orient et d'Occident, coulent sur toutes les terres promises. Ce sont les deux seuls aliments qui n'ont pas besoin d'être préparés et qui apparaissent immédiatement comme purs. Sa douceur, sa couleur, sa provenance en ont fait un symbole. Le symbole de la table riche et heureuse. Le miel, dans les cérémonies de mariage, est ainsi symbole de sagesse, de complétude et, surtout, de douceur. À l'opposé de l'amertume du fiel, il évoque les bons moments à partager et qualifie notamment le plaisir sexuel. Le miel symbolise aussi le côté enfant : avec le conjoint, on laisse tomber les façades et les masques, on se laisse aller en toute confiance. Ce serait aussi une nourriture inspirante...

La tribu des Bambaras, en Afrique, aime à dire que la vérité est semblable au miel car, à l'instar du rayon de miel, elle n'a ni envers ni endroit et elle est la chose la plus douce du monde.

Traditions

En Lituanie, à l'issue de la cérémonie, le jeune couple se voit offrir du pain, du miel, du vin et du sel. Une façon de leur rappeler les fondements de base de leur mariage : le pain pour se nourrir, le vin pour se réjouir, le miel pour mettre de la douceur et le sel pour préserver leur union. Le sel symbolise ici quelque chose d'indestructible.

Superstition : si le miel symbolise la douceur, dans l'interprétation des rêves, rêver de miel est un mauvais présage.

La lune de miel

À Athènes et à Rome, pendant toute une lunaison, la mère de la mariée apportait chaque matin aux mariés une tasse de miel, symbole de douceur. L'expression « lune de miel » date du XIXe siècle et désignait le premier mois du mariage. Dans le nord de l'Europe, la coutume veut que les jeunes époux boivent de l'hydromel quotidiennement durant la première lune suivant les épousailles.

Recette de l'hydromel

Ingrédients pour une trentaine de convives :

- *25 grammes de gingembre*
- *15 litres d'eau*
- *15 grammes de cardamome*
- *6 kg de miel*

Faites bouillir l'ensemble des ingrédients à feu doux. Pour le miel, préférez le miel de sapin ou d'acacia et évitez le miel de pin ou de bruyère, trop fort en goût.
Le miel, mélangé à l'eau, fermente et se transforme en alcool. Lorsque le mélange est porté à ébullition, un œuf d'écume se forme. Retirez-le à l'aide d'une louche.
Lorsque l'ensemble a réduit d'un quart, laissez refroidir, puis ajoutez trois cuillères à soupe de levure. Laissez reposer douze heures. Passez la boisson puis versez si possible dans un tonnelet en bois et mettez le tout dans le réfrigérateur pendant deux semaines. Sortez le tonnelet et mettez la boisson en bouteilles en position allongée à la cave pendant deux mois ou dans un endroit frais, humide et sombre.

L'hydromel : boisson d'immortalité

C'est certainement la première boisson alcoolisée bue par les hommes, avant la bière et bien avant le vin. L'hydromel est demeuré une boisson divine en Afrique. C'est également la boisson des dieux et des sages. Sa constitution, mélange d'eau et de miel fermenté et épicé, l'explique. Par les apports symboliques de chacun de ces éléments : l'eau est le liquide vital qui fertilise et relie, permettant la communion ; le miel est symbole de vérité, donc de clarté, de fraîcheur, de douceur.

- ***Ajoutez du miel ou du sucre dans le thé de mariage pour apporter du cœur.***

- ***Partagez des bonbons au miel au cours de la cérémonie pour y inviter le plaisir, l'enfance et la douceur.***

Les aphrodisiaques naturels

Le règne végétal nous influence directement. Grâce aux pluies du matin et au soleil, les plantes emmagasinent en effet une forte quantité de principes actifs et dégagent des effluves capables d'enivrer favorablement le psychisme et les sens. Certains permettent notamment de libérer des énergies réprimées : rien de tel pour créer un climat de sensualité. Car le mariage est aussi la fête du désir : vous pouvez faire inhaler des senteurs sensuelles à vos invités en les faisant brûler sous forme d'encens ou d'huiles essentielles ou leur offrir des boissons un peu coquines… mais naturelles !

Quelques recettes toutes simples :

- La suavité des fleurs d'ylang-ylang est inoubliable. À respirer pour le plaisir des sens, quelques gouttes suffisent pour embaumer une pièce dans un brûleur destiné aux huiles essentielles, ou à mettre sur un morceau de sucre – trois à six gouttes –, deux à trois fois par jour.

• La **cannelle** : faire bouillir vingt grammes de cannelle avec quelques clous de girofle pendant quinze à vingt minutes dans du bon vin rouge. Sucrer avec du miel et en boire un verre avant de se coucher.

• Autre boisson des sens, la **verveine**. Dédiée à Vénus, déesse de l'amour et de la sensualité dans l'Antiquité, c'est dire si elle est appropriée... Elle apporte de l'aide dans les relations amoureuses. Mettre une poignée de fleurs de verveine hachées menu à macérer dans du vin pendant quelques jours. Filtrer et en boire un petit verre à la fin de chaque repas. Idéal pour le grand soir !

• **Ginseng** : un gramme dans un décilitre d'eau bouillante. En boire une ou deux tasses par jour.

• Pour ceux qui veulent s'assurer d'être encore vaillants le soir venu, la **gelée royale** sera idéale. Produite par les abeilles pour nourrir la reine tout au long de sa vie, son effet est puissant puisque la reine vit cinq ans de plus que les autres abeilles. Prenez une cuillère de gelée royale dissoute dans de l'eau ou du thé (dix milligrammes), à jeun ou dans le courant de l'après-midi.

18

Pain

Abondant si partagé

Le pain symbolise la nourriture essentielle de chaque jour et tout ce qui va devenir commun dans le couple, la joie comme la peine. En partageant le pain pour un repas de noces, on s'assure également que l'on aura toujours de quoi manger et de quoi offrir à l'étranger : le pain est un symbole d'hospitalité. Dans l'Orient ancien, rompre le pain signifiait, au sens figuré, « manger à plusieurs ».

Le pain est un élément de vie en communauté. Le recevoir de quelqu'un, c'est reconnaître un lien de dépendance. Le manger avec quelqu'un, c'est le signe d'un lien d'amitié. Le partager avec l'affamé est un devoir religieux (Ézéchiel 18,7). Dans la coutume juive, le pain n'est pas tranché au couteau mais rompu avec la main en signe de partage : ainsi le père de famille le charge d'une valeur de communion.

Le partage du pain de mariage est bien souvent un moment crucial de la cérémonie. Il symbolise le lot commun à tous les couples mariés. L'entrée d'un nouveau couple dans la communauté nécessite une redistribution du destin commun.

Le pain azyme

> ***« Toutes les valeurs vitales dont nous nous nourrissons peuvent devenir en rêve un pain posé au creux des mains. Celui qui reçoit ce pain reçoit par là même une valeur positive qu'il n'a pas le droit de gaspiller. » (Aeppli)***

Le pain azyme est un pain sans levain, donc non fermenté. On dit que c'est un pain « neuf » car sans le ferment obtenu à partir d'un vieux pain. Les

juifs l'utilisent aujourd'hui lors de la fête de la Pâque, qui commémore leur libération de l'esclavage égyptien. Manger du pain azyme est à la fois le rappel du départ à la hâte d'Égypte (le pain n'avait pas eu le temps de lever avant le départ) et un symbole de pureté du cœur, le ferment étant l'image du mal qui travaille et corrompt le corps de l'homme.
Les catholiques sont restés fidèles à l'usage du pain non fermenté pour la célébration eucharistique, contrairement aux orthodoxes qui emploient du pain fermenté.

L'hostie

Le terme latin ***hostia*** désignait chez les Romains l'animal qu'on sacrifiait, en général une génisse, un mouton ou une brebis, pour apaiser les courroux des dieux. Le christianisme a repris l'idée du sacrifice sanglant à partir de l'épisode du Golgotha en instaurant Jésus-Christ, « agneau de Dieu », comme la suprême « hostie » après laquelle plus aucune autre ne pouvait être immolée. Le sacrement eucharistique renouvelle perpétuellement le sacrifice du Christ. Il constitue la nourriture des fidèles et la promesse d'une participation à la Résurrection du Christ en même temps qu'un signe de leur unité qu'ils célèbrent dans la communion.

« La petitesse de l'hostie ne signifie-t-elle pas l'humilité, sa rondeur l'obéissance parfaite, sa minceur l'économie vertueuse, sa blancheur la pureté, l'absence de levain la bienveillance, sa cuisson la patience et la charité ? (...) Ô pain vivifiant ! ô azyme, siège caché de la toute-puissance ! Sous de modestes espèces visibles se cachent d'étonnantes et sublimes réalités. »
(Texte attribué à saint Thomas d'Aquin)

Le **pain hallah** est, à l'origine, le pain des jours sacrés : shabbat, fêtes et noces.

La **farine blanche** a toujours été la farine des gens nantis parce qu'elle est la plus chère. Sa blancheur est un symbole de richesse mais aussi de pureté. Pour les gens plus modestes, la farine blanche est celle des jours d'exception.

L'**œuf** est le symbole de la vie. Quant au **sésame** et au **pavot**, ils sont, par leur nombre de graines nécessaire pour recouvrir le pain, le symbole d'une famille nombreuse.

Le pain bénit

Dans beaucoup de régions françaises, on a distribué (et l'on distribue encore) du pain bénit en signe de fraternité et de partage. Différent de l'eucharistie, il en rejoint tout de même l'un des aspects essentiels, celui de la fraternité. L'origine est peut-être en Orient où l'on prélève du pain qui servira à l'eucharistie, pour le distribuer à ceux qui ne la reçoivent pas afin de signifier qu'ils ont eux aussi faim de vie spirituelle.

Traditions

Chez les juifs, avant de partager le pain à la ronde, on trempe ses doigts dans l'eau et on le saupoudre de sel : de ce fait, la table devient un substitut de l'autel sur lequel, avant la destruction du Temple, on salait les sacrifices offerts à Dieu.
Chez les Slaves, on essaie de réaliser un pain de mariage le plus grand possible. Le processus de préparation du pain est considéré comme un processus cosmique auquel participent Dieu, les astres et tous les éléments. En Biélorussie, chaque invité reçoit sa part de pain de noces et offre un cadeau en retour.
Chez les juifs, c'est la première nourriture avec laquelle les mariés rompent le jeûne du mariage.
Dans le Jura, la mariée reçoit un mauvais morceau de pain noir. Sans doute pour lui signifier que la vie ne sera pas faite que de plaisirs…

• *Faites faire, pour chaque invité, un petit pain cuit avec une amande entière à l'intérieur. Les invités mangeront délicatement leur pain pour avoir le droit de partager le secret de l'amour. On peut aussi y cacher des petits papiers avec un vœu pour chaque invité, une fève. Les petits pains peuvent être offerts, un à un, par les mariés à leurs amis.*

• *Si le couple a des enfants, ils peuvent façonner le pain qui sera partagé pendant la cérémonie.*

• *Chacun peut faire inclure dans le pain un objet pour l'autre: une clé (de la chambre, d'une boîte, de son cœur...), un bijou, un caillou gravé (« Je t'aime », « Oui! », « Ensemble », « Bonheur ») qui se vendent dans des magasins de décoration et dans des jardineries.*

Chez les **Slaves**, on lie les mains des fiancés au-dessus d'une miche de pain puis le couple échange ses premiers cadeaux.

Le pain de noces de Perla: une recette inédite

Pour faire un pain de 500 g, il vous faut:

1 paquet de levure sèche de Briochin ou Vahiné (active ou super-active)
20 cl d'eau tiède
1 œuf entier
1,5 cuillère de sucre en poudre
1 cuillère à café de sel
350 g de farine blanche
de l'huile

Pour dorer:

1 œuf battu avec 1 cuillère à soupe de lait froid, 2 cuillères à soupe de graines de sésame et 2 cuillères à soupe de pavot.

Temps de préparation : 30 minutes + 2 heures de repos
Temps de cuisson : 25 à 30 minutes au four, thermostat 7/200 °C

Préparez la pâte :
1. Dans un bol, mélangez la farine et le sel. Réservez.
2. Dans le bol du robot muni d'un crochet à pétrir la pâte, mettez 20 cl d'eau tiède, l'œuf, l'huile et le sucre.
3. Commencez à pétrir pour bien mélanger tous ces ingrédients puis ajoutez progressivement et par petites quantités la farine et le sel.
4. Pétrissez de façon à obtenir une pâte douce et satinée qui se détache des parois du bol.
5. Formez une boule, couvrez le bol d'un linge et laissez lever 1 heure dans le four que vous aurez préchauffé 5 minutes à 50° puis éteint avant d'y poser le bol.

Levée de la pâte :
1. Au bout de ce temps, la pâte aura doublé de volume.
2. La repétrir 1 minute au robot. La poser sur le plan de travail fariné.
3. En faire un boudin ou une torsade pour la faire cuire dans un moule à savarin (avec un trou au milieu) ou dans un moule à cake de 24 cm bien beurré.
4. Recouvrir d'un linge humide et laisser lever 40 minutes.

Cuisson :
1. Préchauffez le four thermostat 7/200 °C pendant 20 minutes
2. Préparez la dorure en battant l'œuf et le lait à la fourchette. En badigeonner le pain à l'aide d'un pinceau.
3. Parsemez de graines de sésame et mettez au four 25 à 30 minutes, jusqu'à ce que le pain soit doré et qu'il sonne creux lorsqu'on tapote dessus.
4. Démoulez et laissez refroidir sur une grille.

19

Pièces de monnaie

Protection et mesure

Parmi les rites nuptiaux figure la bénédiction de pièces de monnaie par le prêtre qui célèbre le mariage. On présentait ainsi fréquemment, en France mais aussi à Porto Rico ou aux Philippines, treize pièces (le treizain) à la bénédiction, en même temps que les alliances. Cela leur donnait une force protectrice : les mariés sont censés apprendre à faire un bon usage de leurs biens. Douze pièces étaient offertes par le mari à sa femme, forme de réserve en cas de malheur. La treizième pièce était offerte au curé. La coutume de l'offrande des pièces à l'épouse est plus ancienne que celle de l'alliance. Les familles les plus pauvres n'hésitaient pas à recourir à l'emprunt pour satisfaire à la coutume.

Les pièces sont souvent décorées de symboles, comme des cœurs ou des mains unies. Au XIXe siècle, le treizain redevient le louis d'or que l'on conservera au-dessus de la cheminée en gage de prospérité pour la maison. C'est plus leur valeur symbolique que leur valeur marchande qui compte. Même si, en cas de besoin, il est parfois utilisé en gage pour un emprunt, avec la promesse faite de le restituer après remboursement.

Vers la fin du XIXe siècle, l'usage se perd et n'est plus guère observé que dans les familles riches. Après la guerre de 1914-1918, et la disparition de la monnaie d'or, cette coutume n'est plus qu'une occasion pour les familles fortunées de montrer qu'elles ont encore des pièces d'or. Les pièces

> ***Superstition***
> ***Les mariages célébrés à la pleine lune seraient exceptionnellement fortunés.***

sont ensuite conservées au même titre que la couronne de mariage.

Pour le Feng Shui...

Pour le **Feng Shui**, l'association du dragon, du phœnix et des pièces de monnaie favorise le succès en amour.

Traditions

En Espagne et au Mexique, le marié offre encore aujourd'hui à son épouse treize pièces – de monnaie ou en or – pour montrer qu'il s'engage à subvenir à ses besoins et à la soutenir financièrement toute leur vie : désormais, tout ce qui est à lui est à elle. Elle les porte dans un petit sac pendant la cérémonie de mariage. Il arrive, ici comme ailleurs, que la mariée, heureuse donc généreuse, les offre ensuite aux pauvres...

En Suède, avant que la mariée ne parte à l'église, sa mère lui met une pièce d'or dans la chaussure droite et son père une pièce d'argent dans la chaussure gauche. Ils s'assurent ainsi qu'elle aura toujours de l'argent sur elle et ne manquera de rien.

Dans le Jura, à l'église, le prêtre bénit les pièces d'or ou d'argent offertes aux mariés en route vers l'église, ainsi que leurs anneaux.

La perle

Symbole lunaire, lié à la femme et à l'eau, la perle, pure, rare et précieuse, est l'emblème du mariage et de l'amour chez les Grecs. Mais attention à ne pas en porter avant la conclusion du mariage. Une fiancée qui porte une perle versera des larmes... En revanche, une fois mariée, n'hésitez plus : l'Orient considère qu'elle a des vertus aphrodisiaques et talismaniques. Elle joue un rôle de centre mystique, symbolisant la sublimation des instincts. Et pour celles qui en raffolent, n'oubliez pas de vous faire gâter dignement pour votre trentième anniversaire de mariage : ce sont les noces de perle.

« Les perles font venir aux yeux des perles argentées qui sont comme la lune mais qui sont des perles de joie. » (S. Golowin)

• Les symboles d'argent sont peu utilisés au cours de la cérémonie de mariage. On les retrouve davantage dans les cadeaux et dans le principe de la liste de mariage. Vous pouvez néanmoins glisser quelques pièces dans le pain à partager pour apporter de l'abondance à votre couple.

• Pourquoi ne pas faire revivre la fontaine de Trevi ? Tous les invités jettent une pièce dans l'eau en faisant un vœu de bonheur pour les mariés.

• L'amour est gratuit et désintéressé : les mariés et chaque invité peuvent inventer un geste désintéressé à faire dans la journée.

20

SEL

Une saveur spirituelle

Ingrédient essentiel à la conservation car inaltérable, le sel protège ce qui est périssable. Il symbolise l'invariance et la permanence. Il augure de la saveur d'une vie nouvelle, où l'on osera prendre des risques pour éviter la tiédeur. Le sel retient l'eau, il donne du poids aux choses et du goût à la vie. C'est le symbole de la nourriture spirituelle. La consommation en commun du sel a parfois valeur d'une communion, d'un lien de fraternité.

- ***Vous pouvez suggérer aux invités de se mettre une pincée de fleur de sel sur la langue : « Aujourd'hui, aucune parole mauvaise ne franchira mes lèvres. »***

- ***Purifiez le lieu de la réception avec du gros sel - brut, ses propriétés, mieux conservées, sont plus actives que du sel raffiné pour enlever toutes les mauvaises ondes. Posez-le en petits tas près de l'entrée, aux angles du terrain ou sur le sol.***

Traditions

Pour les juifs, le sel est inséparable de la religion : parce qu'il conserve et purifie, il symbolise l'alliance perpétuelle et incorruptible de Dieu avec le peuple d'Israël. Le sel représente aussi bien sûr la saveur des aliments et les juifs ont pris l'habitude de placer le sel sur le pain servant à bénir un repas avant qu'il ne débute. Il symbolise le lien, le partage, la fraternité avec autrui.

> ***Superstition***
> ***• Dans de nombreuses cultures, verser du sel a la vertu de se protéger du mal.***
> ***• Au Japon, lorsqu'un invité a été désagréable, on verse un peu de sel, après son départ, pour assainir les lieux. De même, définir un cercle d'où le mal est exclu se fait rituellement par une aspersion de sel.***

Chez les chrétiens aussi, le symbole du sel est très présent. « C'est une bonne chose que le sel. Mais si le sel perd son goût, avec quoi le lui rendez-vous ? Ayez du sel en vous-mêmes et soyez en paix les uns avec les autres » (Évangile de Marc, 9, 50). Une façon de dire que nos propos doivent être bienveillants et relevés de sel.

Dans la culture japonaise, le sel a également son importance. *Shio* désigne le sel ; *maku* est le verbe signifiant « éparpiller, saupoudrer, jeter ». Le sens du geste est la convocation du sacré. L'espace dans ou sur lequel on projette du sel est alors sanctifié.

Le sel alchimique

Le sel, en se cristallisant, se solidifie. Dans l'alchimie, le sel représente la partie stable de l'être. Dans le cabinet de réflexion, lors de son initiation, le franc-maçon le dissout dans l'eau : il marque ainsi symboliquement la dissolution de l'individu dans l'absolu. Ce geste devient alors le symbole de la résorption du moi dans le soi universel.

21

SEUIL

Franchir la frontière

La porte symbolise le lieu de passage entre deux états, deux mondes, entre le connu et l'inconnu ; elle caractérise l'entrée dans un espace fondamental. Elle indique un passage et invite à le franchir. De fait, se tenir sur le seuil, c'est manifester un désir d'adhérer aux règles qui régissent la demeure. Il est considéré dans de nombreuses traditions comme un endroit sacré, habité par un esprit tutélaire, le « gardien du seuil ». Lorsque la mariée passe le seuil de la maison de son mari pour la première fois, ses pieds ne doivent pas toucher terre pour faire comprendre au gardien du seuil qu'elle a désormais sa place dans la demeure.

De même, à l'époque de la Rome antique, on pensait que si le couple trébuchait, cela portait malheur. Et puis, ce n'est pas un jour où l'on franchit le seuil toute seule…

Les pieds de la mariée ne doivent pas toucher le sol non plus juste avant la cérémonie. D'où la coutume tibétaine du tapis blanc d'accueil ou encore, chez les chrétiens d'aujourd'hui, la persistance de la tradition d'étendre des tapis depuis le point d'arrivée de la voiture jusqu'à l'autel. Dérouler le tapis pour la mariée est aussi une manière de lui montrer du respect et de l'attention en ce jour unique.

En **Bulgarie**, les mariés entrent à l'église avec le pied gauche afin de démarrer dans la vie du pied droit.

• Le marié peut prendre la mariée dans ses bras pour passer la porte : on passe d'un monde à l'autre, d'un état à un autre, ensemble.

• Franchissez une marque au sol qui délimitera le début ou la fin de la cérémonie : une rangée de pétales de fleurs ou de graines, un ruban, une haie.

• Coupez un ruban pour quitter le lieu de la cérémonie et entrez dans votre nouvelle vie.

• Vous pouvez mettre en valeur certains invités en les plaçant sur le tapis délimitant l'espace sacré de la cérémonie.

22

Thé

L'amour en éveil

En Orient, le thé est une voie d'éveil de l'esprit. Sans compter qu'il maintient le corps en alerte. Quelle belle intention en ce jour que de s'engager à ne pas se laisser gagner par la somnolence ! La cérémonie du thé, telle que la pratiquent admirablement les Japonais, a pour effet de purifier les intentions, de discipliner les passions, de surmonter les conflits et d'établir une paix durable. La lenteur et la précision des gestes, tout comme le choix des ustensiles et la pureté du décor, font partie intégrante du cérémonial. Servir le thé permet d'atteindre la paix intérieure et de la répandre…

La voie du thé

En Asie, le thé est le symbole d'un rapport équilibré entre le dedans et le dehors. Le *cha-no-yu*, la cérémonie du thé, est un culte fondé sur l'adoration du beau jusque dans les occupations les plus triviales de la vie quotidienne. « C'est une hygiène puisqu'elle contraint à la propreté ; une ascèse, puisqu'elle démontre que le bien-être loge dans la simplicité et non dans quelque coûteuse complexité ; une géométrie éthique, enfin, dans la mesure où elle définit notre sens des proportions au regard de l'univers. Elle représente, par-dessus tout, le véritable esprit démocratique de l'Extrême-Orient, en ce qu'elle fait de chacun de ses adeptes un aristocrate du goût » (Okakura Kakuzô, *Le Livre du thé*, Philippe Picquier).

Prendre le thé, qui accompagne depuis toujours les exercices de zen puisque c'est en soi un acte de méditation, est un art d'être au monde.

Au **Japon**, on dit d'une personne qu'elle « manque de thé » lorsqu'elle se montre insensible aux épisodes tragi-comiques de la vie. Inversement, de celle qui s'abandonne sans retenue au flot de ses émotions, on dit qu'elle a « trop de thé ».

Recette : le thé de mariage

Déposez dans une petite théière :
2 cuillères à café de thé vert pour l'éveil
10 feuilles de verveine pour la tranquillité
5 tiges de menthe fraîche pour l'énergie
1/2 bâton de cannelle pour le mystère
2 gousses de cardamome pour le voyage
Versez 1/2 litre d'eau bouillante, laissez infuser.

Filtrez le thé, ajoutez 2 cuillères à café de miel pour la douceur.
À déguster à deux.

Interrogez l'avenir dans les feuilles de thé

Depuis toujours, on s'est efforcé d'arracher à l'avenir quelques-uns de ses secrets par l'intermédiaire des petites feuilles aromatiques. Dans les pays orientaux, la divination par les feuilles de thé était d'un usage très courant.
Si, le jour de votre mariage, vous sentez que c'est le bon moment pour « interroger les feuilles », mettez-vous à l'œuvre avec calme et concentration ! Préparez l'infusion sans lésiner sur la quantité de feuilles (au moins trois cuillerées), directement dans une tasse.
Ne laissez pas infuser trop longtemps, buvez-en quelques gorgées puis débarrassez-vous du liquide en excès en ne laissant que quelques gouttes avec les feuilles. Renversez ce qui reste d'un

coup sec sur une assiette creuse et blanche et examinez attentivement la façon dont les feuilles humides sont disposées sur l'assiette. Un dessin assez net peut s'être formé, mais le plus souvent il vous faudra interpréter la disposition des feuilles en faisant appel à votre imagination. Voici les principales significations des « figures du thé » :

- ancre = voyage
- chat = mensonge
- chien = ami fidèle
- croix = épreuve
- cœur = amour sincère et réciproque
- anneau = mariage, union
- arbre = bonheur
- maison = château, femme
- fleurs = amour, honneur, estime
- livre = révélation
- lion = sécurité
- cochon = fertilité
- couteau = désagrément
- œuf = chance
- lettre de l'alphabet = initiale du nom d'une personne qui aime
- cheval = ambition satisfaite
- papillon = plaisir

Les bords de l'assiette représentent le futur le plus lointain ; ce qui est au centre se réalisera dans un avenir plus proche… Peut-être demain ?

23

VIN

Abondance et réconciliation

Tout mariage, simple ou fastueux, comporte du vin, breuvage de vie et d'immortalité. Mais attention, le vin est une nourriture subtile qui suppose la juste mesure et l'autocontrôle… Si l'ivresse aliène l'homme, le vin est surtout un signe de l'abondance donnée par Dieu. De fait, il est chargé d'espoir. Le vin, nectar considéré comme symbolique et divin, apporte une note solennelle.

Le vin est réputé pour briser nombre de sortilèges et démasquer les mensonges. Mais il est aussi et surtout porteur de joie. Le Cantique des cantiques fait l'éloge du vin et la Bible attribue à Noé la plantation de la première vigne et la production du premier vin. Il est perçu comme un signe de fertilité et d'abondance de la terre. Parce qu'il a la couleur du sang, il est aussi signe de violence et de vengeance, et donc crée le besoin de justice et de paix. Ce que Jésus apporta aux chrétiens par le sacrifice de son sang : il a inauguré un monde nouveau.

Au **Japon**, l'alcool de riz, *saké*, a la même symbolique que le vin, le « sang de Dieu », en Occident. Sorte de bière à haut degré d'alcool (douze à seize degrés), il sert notamment lors des cérémonies rituelles de mariage.

« Il n'y a pas d'allégresse sans vin », rappellent les rabbins. Israël se compare à la vigne, le bien le plus précieux de la terre (Isaïe 5,1-2). Le vin est étroitement lié aux cérémonies de la vie religieuse juive. Pour eux, le vin est consacré : celui qui en boit accomplit un acte religieux… La vigne est également pour les

juifs un symbole de la propriété : planter sa vigne devient le symbole de la sédentarisation et de la paix universelle.
Enfin, le vin est sans cesse porteur de surprises et d'humanité ; il rassemble les palais épicuriens et les fait communier avec la nature. Déguster du nectar donne l'impression que le temps s'arrête...

Avec quel vin célèbre-t-on la messe ?
La seule règle est de célébrer la messe avec du vin « naturel ». En France, l'habitude est de célébrer la messe avec du vin blanc car il tache moins. Dans beaucoup de pays non viticoles, on célèbre la messe avec des vins naturels peu alcoolisés, comme le porto, qui se conserve mieux.

Un élixir de longue vie

Le vin apporte de l'eau, nécessaire à la vie, du sucre, aliment énergétique par excellence, de l'alcool, qui entretient la bonne humeur et, surtout, par ses tanins, les mystérieux phénols qui limitent l'encrassement de nos artères, cause principale de notre vieillissement. Une consommation modérée est la meilleure posologie...

La coupe de mariage
Dans les provinces françaises, la « tasse à deux anses » jouait un rôle symbolique important dans le rituel du mariage où elle servait, après la cérémonie religieuse, de coupe à boire. Relativement simple, le nom des deux époux y était gravé. En Bourgogne, elle était offerte par la marraine. Les époux y buvaient le jour de leur mariage, elle servirait à nouveau pour faire boire l'accouchée, puis, au moment du dernier souffle, pour contenir de l'eau bénite dans la chambre mortuaire.

Traditions

> *« Puisque nous ne tenons aucune certitude,*
> *Ne restons pas assis en proie à l'inquiétude.*
> *Heureux, tenons en main notre verre de vin,*
> *Mais évitons l'ivresse avec son hébétude. »*
> *Omar Khayyâm*
> *Quatrains*

En Hollande, les mariés boivent une coupe de vin épicé appelé les « larmes de la mariée ».
En Corée, parce que les actes parlent souvent mieux que les mots, le mariage est scellé à la cérémonie du vin.
Chez les juifs, on boit deux verres de vin, chacun symbolisant l'une des deux familles, et les mariés y goûtent à tour de rôle. Les deux coupes de vin symbolisent aussi la joie et le chagrin du futur couple. En Libye, lors de la cérémonie nuptiale, le marié juif brise un verre rempli de vin qui, se répandant à terre, augure de l'abondance.
En Géorgie, le marié met son alliance de mariage dans un verre de vin après y avoir bu et le tend à son épouse qui doit boire à son tour après avoir ôté l'alliance.

- *Vous pouvez partager une coupe de vin avec l'assistance ou avec des personnes privilégiées, comme vos parents et vos témoins.*
- *Vous pouvez le remplacer, ou le couper symboliquement, par de l'eau : elle représente la pureté.*
- *Choisissez bien le vin : un cru de l'année du mariage, comme point de départ du couple, ou un grand cru pour vous faire plaisir. N'oubliez pas de vous offrir une ou deux caisses d'un cru de l'année pour fêter les années de mariage ultérieures ou pour rythmer les événements importants dans la vie du couple.*
- *Clôturez la cérémonie par un verre de vin servi aux invités (le meilleur, comme aux noces de Cana dans la Bible).*

24

VOILE

Respecter la pudeur

Le voile est universellement compris comme un symbole de subordination. Il exprime d'abord et avant tout la condition subalterne de la femme. Celle-ci n'est que la propriété de l'époux ou du père. Le voile de la mariée, qu'on rencontre déjà en Grèce et à Rome, avait probablement à l'origine la même signification, de même que le voile des religieuses consacrant leur virginité à Dieu, le divin Époux. En ordonnant ainsi à la femme de cacher son visage ou sa tête, la religion n'a fait que reprendre un antique usage : seul l'époux légitime peut dévoiler le visage de sa femme, trop beau pour être vu du reste des hommes.

Le voile actuel, court et léger, apparaît au début du XIXe siècle. Il s'allongera par la suite. Le port du voile de mariée est notamment un vestige de l'époque où l'on estimait nécessaire de dissimuler la jeune femme afin que les mauvais génies ne puissent pas la reconnaître. On dit en effet que les esprits rôdent tout particulièrement autour d'une jeune femme le jour de ses noces. Le voile symbolise ainsi la volonté et la prière de la mariée d'être préservée de toute souillure.

À l'époque des mariages arrangés, la femme était vêtue d'un voile la couvrant de la tête aux pieds. Il a longtemps été de couleur jaune ou rouge, ressemblant ainsi au feu, pour effrayer les esprits et décourager les jaloux et les envieux. La mariée ne se dévoilait qu'au dernier moment, afin d'éviter également que son promis ne se sauve en courant devant un visage avec lequel la nature n'aurait pas été généreuse… Cette coutume reste d'actualité dans une grande partie du monde.

Traditions

La femme veuve ou divorcée ne porte pas de voile, symbole de virginité.

Chez les Hébreux, le voile représente la jeunesse, la modestie et la virginité. La jeune femme cache sa beauté aux regards, mais dissimule aussi sa pudeur, parfois ses larmes et son appréhension. Le voile préserve son intimité. Au Maghreb, le voile traditionnel s'appelle *litham*. Il couvre le bas du visage des femmes mariées. Il est d'origine berbère. Mais c'est plus un truchement qu'autre chose : le voile ne cache pas tout à fait et invite à connaître…

Superstition : dans le Tarn, il faut orner les ruches d'un bout de voile de la mariée pour ménager les abeilles qui, paraît-il, s'attachent aux maisons respectables.

Dans la Loire notamment, la tradition régionale veut que le voile, aussi appelé le « joug », soit porté par les pères ou les garçons d'honneur au-dessus de la tête de la mariée. Il sert aussi à légitimer les enfants nés hors mariage. Dans le mariage juif, la *houppah*, dais nuptial couvrant le couple pendant la cérémonie, symbolise la présence et la protection de Dieu mais aussi l'entrée de la fiancée dans une nouvelle famille.

• Chacun des époux peut ôter une pièce de vêtement pour dire, devant tout le monde : « Je m'engage, désormais, à ne rien te cacher. »

25

VIEUX, NEUF, EMPRUNTÉ, BLEU

La tradition

Une tradition anglo-saxonne veut que le jour de son mariage, la jeune femme porte quelque chose de vieux, quelque chose de neuf, quelque chose d'usé, quelque chose de bleu et six pence dans sa chaussure.

Porter quelque chose de vieux représente un lien avec la famille de la mariée et son ancienne vie. Ce peut être quelque chose appartenant à une femme mariée heureuse. On pense que le fait de le porter transférera son don pour le bonheur sur le nouveau couple. Ce peut être un bijou de famille ou un accessoire de sa mère ou de sa grand-mère.

Porter quelque chose de neuf représente la fortune et augure du succès de sa nouvelle vie.

Avoir sur soi quelque chose d'emprunté et d'usé porte chance au couple. Cela rappelle à la fiancée que sa famille et ses amis seront toujours là pour elle. Elle l'empruntera – souvent un bijou en or – à une femme mariée qui est heureuse en ménage.

Porter quelque chose de bleu est une référence aux temps bibliques où l'on considérait que le bleu symbolisait la pureté et la fidélité (le voile de la Vierge est bleu). C'est un symbole d'amour vrai.

Enfin, six pence, placés par le père de la mariée dans la chaussure gauche, apporteront la fortune.

• Placez une jolie boîte sur l'autel. Les mariés, ainsi que les témoins et certains membres de leurs familles, y mettent tour à tour un objet personnel, symbole d'un vœu fait aux mariés. Vous pouvez ensuite enterrer la « malle aux trésors » sur le lieu de la cérémonie ou la conserver pour la rouvrir quelques années plus tard...

Chez les **Berbères**, les jeunes filles rivalisent entre elles pour prêter un de leurs bijoux à la mariée. On dit que lorsqu'on le récupère, il devient un porte-bonheur.

Mariez-vous

Une cérémonie de mariage sur mesure n'est pas difficile à organiser. Le moins simple est peut-être d'oser dire ce que l'on pense intimement, d'oser échanger en privé des propos sur l'amour ou sur le sens de l'engagement. Les femmes font cela très bien entre elles. Mais cette fois, il s'agit d'en parler avec son homme.

Décider de créer un rituel de toutes pièces est l'occasion de faire participer ceux que vous aimez, d'interroger les générations qui vous ont précédés, de faire parler vos amis de leur mariage et de creuser vos propres convictions. C'est une occasion unique de vous intégrer dans une tradition à laquelle vous tenez ou de vous en affranchir ouvertement, dans tous les cas en connaissance de cause.

Vous préparez un moment d'amour, de joie, de partage, de paix et de célébration. Ne l'oubliez pas dans les moments de panique : ne mélangez pas la connotation spirituelle de la cérémonie avec l'agencement des détails pratiques. Si vous le pouvez, prenez le temps d'y réfléchir en amont pour avoir l'esprit libre. Plus la date approche, plus les questions à résoudre sont nombreuses et contraignantes. La profondeur des choses peut, hélas, vite disparaître sous le poids de la logistique…

Mariez-vous dans un bois, dans un temple ou dans une mairie, mais mariez-vous comme vous l'entendez. Pensez à exprimer toute la tendresse, la confiance, le partage et l'écoute que vous avez l'un pour l'autre. Faites-le avec pudeur ou avec démonstration mais, surtout, faites-le avec le cœur.

Bien que la cérémonie soit une étape très courte de la grande aventure du mariage, c'est celle de tous les rêves et de toutes les ambitions dont vous enveloppez votre avenir. Alors mariez-vous juste, mariez-vous grand et mariez-vous pour longtemps.

Le calendrier lunaire chinois

Ce calendrier est à utiliser
pour calculer votre chiffre kua

Année	L'année lunaire a commencé le
1924	5/02
1925	24/01
1926	13/02
1927	2/02
1928	23/01
1929	10/02
1930	30/01
1931	17/02
1932	6/02
1933	26/01
1934	14/02
1935	4/02
1936	24/01
1937	11/02
1938	31/01
1939	19/02
1940	8/02
1941	27/01
1942	15/02
1943	5/02
1944	25/01
1945	13/02
1943	5/02
1944	25/01
1945	13/02
1946	2/02
1947	22/01
1948	10/02
1949	29/01
1950	17/02
1951	6/02
1952	27/01
1953	14/02
1954	3/02
1955	24/01
1956	12/02
1957	31/01
1958	18/02
1959	8/02
1960	28/01
1961	15/02
1962	5/02
1963	25/01
1964	13/02
1965	2/02
1966	21/01

1964	13/02
1965	2/02
1966	21/01
1967	9/02
1968	30/01
1969	17/01
1970	6/02
1971	27/01
1972	15/02
1973	30/02
1974	23/01
1975	11/02
1976	31/01
1977	18/02
1978	7/01
1979	28/01
1980	16/02
1981	5/02
1982	25/01
1983	13/02
1984	2/02
1985	20/02
1986	9/02
1987	29/01
1988	17/02
1989	6/02
1990	27/01
1991	15/02
1992	4/02
1993	23/01
1994	10/02
1995	31/02
1996	19/02
1997	7/02
1998	28/01
1999	16/02
2000	5/02
2001	24/01
2002	12/02
2003	1/02
2004	22/01
2005	9/02
2006	29/01
2007	18/02
2008	7/02
2009	26/01
2010	14/02

Textes et mots du mariage

LES MOTS DE L'ÉMOTION

L'amour inspire les écrivains depuis la nuit des temps. Mais sans aisance dans l'écriture, trouver les mots justes pour dire et offrir son amour semble vite insurmontable. Les citations et les textes de cette anthologie rassemblent des mots sur l'amour, le mariage et l'échange : ils sont là pour vous inspirer, directement ou indirectement. Car, bien que votre amour soit unique, certains de ces textes ressemblent à s'y méprendre à ce que vous souhaitez dire et partager.

Choisir des textes pour une cérémonie de mariage peut être le point de départ de sa structure. Une citation peut introduire la cérémonie elle-même et être lue par les mariés, par un parent ou par des amis. Lors d'un mariage dans une église chrétienne, les textes sont choisis dans les Évangiles. Riches en sens et en métaphores, ils peuvent également vous inspirer pour une cérémonie plus laïque.

La palette des textes possibles est aussi large que la production littéraire ou musicale : les paroles d'une chanson que vous aimez peuvent être tout aussi indiquées qu'un texte classique qui vous émeut.

Introduire des textes écrits par d'autres dans une cérémonie de mariage inscrit celle-ci, de fait, dans une tradition : évoquer la spiritualité, l'amour ou l'engagement comme d'autres avant nous l'ont fait. Une façon de reconnaître l'existence du monde qui nous entoure et la continuité des sentiments éprouvés par tous les amoureux.

Les textes de mariage ne sont pas des discours. Ils ne racontent pas l'histoire d'une rencontre, mais les rêves et les espoirs d'avenir d'un couple.

Si vous confiez des interventions à vos proches, aidez-les en amont en leur indiquant des ouvrages dans lesquels ils peuvent retenir des textes et des idées. La lecture d'un texte peut aussi être un cadeau fait aux mariés, une surprise bien choisie pour eux.

L'amour

Ce qui distingue l'amour déraisonnable de l'autre, ce n'est certes pas qu'il mène plus sûrement à la réussite ou au bonheur, mais que les époux y sont mêlés. Mélange qui est à la fois miracle et mystère.
SUZANNE LILAR

L'amour est toujours devant vous. Aimez.
ANDRÉ BRETON

Puisque nous considérons que l'amour concerne tout l'être, et pas seulement la dimension sexuelle, et qu'il ouvre au don de soi et à la compassion, quelle raison aurions-nous de croire que cette qualité doive être réservée aux couples hétérosexuels ?
MGR DESMOND TUTU

L'amour est la seule passion qui se paie d'une monnaie qu'elle fabrique elle-même.
STENDHAL

L'amour véritable s'enveloppe toujours des mystères de la pudeur même dans son expression, car il se prouve par lui-même ; il ne sent pas la nécessité, comme l'amour faux, d'allumer un incendie.
BALZAC

Le plus bel amour ne va pas loin si on le regarde courir.
Mais plutôt il faut le porter à bras comme un enfant chéri.
ALAIN

L'amour est un art qui demande créativité et effort. Il ne saurait se réduire à une sensation agréable, dont l'expérience est affaire de hasard.
ERICH FROMM

Il est temps d'instaurer la religion de l'amour.
LOUIS ARAGON

Après, on apprend l'autre. On l'épelle, on le déchiffre. C'est là sans doute le moment le plus merveilleux de l'amour. L'autre devient un continent, un peuple, une langue. On se penche sur ses conjugaisons, ses rites, ses zones interdites, ses fantômes, ses aubes et ses soirs, ses raccourcis et ses détours. On piaffe, on revient en arrière,

on s'applique, on s'émerveille. Et quand on commence à se sentir chez soi, alors seulement on découvre le bonheur.
EVE DE CASTRO

Le plus grand bonheur après que d'aimer, c'est de confesser son amour.
ANDRÉ GIDE

L'amour est le seul rêve qui ne se rêve pas.
PAUL FORT

Nous avons tous une fois une chance d'amour, il faut l'accrocher, cette chance quand elle passe, et construire son amour humblement, impitoyablement, même si chaque pierre est une année ou un crime.
JEAN ANOUILH

L'amour est un fleuve où les eaux de deux rivières se mêlent sans se confondre.
JACQUES DE BOURBON BUSSET

Un amour débordant, c'est un torrent qui sort de son lit pour entrer dans un autre.
PIERRE DAC

En amour, le bonheur que l'on prend, on le prend toujours à quelqu'un.
MAURICE DRUON

Je ne dirai pas les raisons que tu as de m'aimer. Car tu n'en as point. La raison d'aimer, c'est l'amour.
ANTOINE DE SAINT-EXUPÉRY

C'est vraiment difficile à dire aux gens qu'on les aime… quand on les aime vraiment…
TRISTAN BERNARD

C'est peu d'aimer, il faut aimer toujours : on n'est heureux qu'à force de constance.
FABRE D'ÉGLANTINE

L'amour est la plus universelle, la plus formidable et la plus mystérieuse des énergies cosmiques.
PIERRE TEILHARD DE CHARDIN

Ce court précepte t'est donné une fois pour toutes :
Aime et fais ce que tu veux.
Si tu te tais, tais-toi par amour,
Si tu parles, parle par amour,
Si tu corriges, corrige par amour,
Si tu pardonnes, pardonne par amour.
Aie au fond du cœur la racine de l'amour :
De cette racine, rien ne peut sortir de mauvais.
SAINT AUGUSTIN

Air Vif
J'ai regardé devant moi
Dans la foule, je t'ai vue
Parmi les blés, je t'ai vue
Sous un arbre, je t'ai vue

Au bout de tous mes voyages
Au fond de tous mes tourments
Au tournant de tous les rires
Sortant de l'eau et du feu

L'été comme l'hiver je t'ai vue
Dans ma maison, je t'ai vue
Dans mes rêves, je t'ai vue

Je ne te quitterai plus.
PAUL ELUARD

Et ce qu'il y a de très beau,
c'est que les paroles d'amour sont
suivies de silences d'amour.
EDGAR MORIN

Rien n'est plus doux que l'amour, rien n'est plus fort, rien n'est plus haut, rien n'est plus large, rien de plus aimable, rien de plus plein, rien de meilleur au ciel et sur la terre (…). Celui qui aime vole, court et se réjouit ; il est libre et rien ne le retient.
HENRI MATISSE

L'amour n'a aucun sens, et c'est pour cette raison qu'il est sacré.
AMÉLIE NOTHOMB

Le ciel bleu sur nous peut s'effondrer
Et la terre peut bien s'écrouler
Peu importe si tu m'aimes
Je me fous du monde entier.
ÉDITH PIAF

L'amour rend aveugle, l'amour *doit* rendre aveugle ! Il a sa lumière propre. Éblouissante.
DANIEL PENNAC

Le seul transformateur, le seul alchimiste qui change tout en or, c'est l'amour. Le seul antidote contre la mort, l'âge, la vie ordinaire, c'est l'amour.
ANAÏS NIN

Si quelqu'un aime une fleur qui n'existe qu'à un exemplaire dans les millions et les millions d'étoiles, ça suffit pour qu'il soit heureux quand il les regarde. Il se dit : « Ma fleur est là, quelque part… »
ANTOINE DE SAINT-EXUPÉRY

En amour, réfléchir c'est aller à sa perte. Donc, ne pas réfléchir. De toute façon, la défaite est au bout.
JULES ROY

Alors, qu'est-ce que l'amour ?
C'est le comble de l'union de la folie et de la sagesse.
EDGAR MORIN

Aimer, c'est vivre et mourir d'un pari infernal que l'on fait sur ce qui se passe dans l'âme de l'autre.
PAUL VALÉRY

Paris at night
Trois allumettes une à une allumées dans la nuit
La première pour voir ton visage tout entier
La seconde pour voir tes yeux
La dernière pour voir ta bouche
Et l'obscurité tout entière pour me rappeler tout cela
En te serrant dans mes bras.
JACQUES PRÉVERT

L'amour n'est pas seulement un sentiment, il est un art aussi.
BALZAC

Aimer, c'est trouver la richesse hors de soi.
ALAIN

Ô Toi, Esprit d'amour, ouvre Ta porte !
Soupirant après le bonheur de la vie,
Je suis en attente sur Ton seuil.
Ô Toi, Esprit d'amour,
Insuffle en mon âme
Ton souffle de vie,
Car sans lui je ne peux subsister.
En vérité,
Tu es toute vie,
Toute joie, toute paix.
Esprit d'amour, emplis-moi toujours et encore,
Car Toi, Toi seul,
Tu es mon Tout.
Gouverne mon corps,
Mon esprit et mon cœur,
Fais entendre ta voix,
Respirer ton souffle
Et battre ton pouls
Au travers de tout mon être !
Que ta suave harmonie résonne en mon cœur
Et emplisse mon âme tout entière !
Ô Toi, Esprit d'amour, ouvre…
Ouvre Ta porte !
Je suis en attente sur Ton seuil.
SWAMI PARAMÂNANDA

Bon jour mon cœur,
Bon jour ma douce vie,
Bon jour mon œil, bon jour ma chère amie !
Hé ! bon jour ma toute belle,
Ma mignardise, bon jour,
Mes délices, mon amour.
Mon doux printemps, ma douce fleur nouvelle,
Mon doux plaisir, ma douce colombelle,

Mon passereau, ma gente tourterelle,
Bon jour ma douce rebelle.
Pierre de Ronsard

Pourquoi, dans toutes les langues occidentales,
dit-on « tomber amoureux » ?
Monter serait plus juste.
L'amour est ascensionnel,
Comme la prière...
Ascensionnel et éperdu.
Nicolas Bouvier

Je regarde ta photo tu es l'univers entier
J'allume une allumette et vois ta chevelure
Tu es pour moi la vie cependant qu'elle dure
Et tu es l'avenir et mon éternité
Toi mon amour unique et la seule beauté
Apollinaire

Il y a des petits ponts épatants
Il y a mon cœur qui bat pour toi
Il y a une femme triste sur la route
Il y a un beau petit cottage dans un jardin
Il y a mes yeux qui cherchent ton image
Il y a un petit bois charmant sur la colline (...)
Il y a ma vie qui t'appartient (...)
Il y a des rues étroites à Menton où nous
nous sommes aimés (...)
Il y a mon amour
Il y a toute ma vie
Je t'adore
Apollinaire

Chansons d'après-midi
Quoique tes sourcils méchants
Te donnent un air étrange
Qui n'est pas celui d'un ange,
Sorcière aux yeux alléchants,
Je t'adore, ô ma frivole,
Ma terrible passion !

Avec la dévotion
Du prêtre pour son idole.
Le désert et la forêt,
Embaument tes tresses rudes,
Ta tête a les attitudes
De l'énigme et du secret.
Sur ta chair le parfum rôde
Comme autour d'un encensoir ;
Tu charmes comme le soir,
Nymphe ténébreuse et chaude.
Ah ! les philtres les plus forts
Ne valent pas ta paresse,
Et tu connais la caresse
Qui fait revivre les morts !
Tes hanches sont amoureuses
De ton dos et de tes seins,
Et tu ravis les coussins
Par tes poses langoureuses.
Quelquefois, pour apaiser
Ta rage mystérieuse,
Tu prodigues, sérieuse,
La morsure et le baiser ;
Tu me déchires, ma brune,
Avec un rire moqueur,
Et puis tu mets sur mon cœur
Ton œil doux comme la lune.
Sous tes souliers de satin,
Sous tes charmants pieds de soie,
Moi, je mets ma grande joie,
Mon génie et mon destin,
Mon âme par toi guérie,
Par toi, lumière et couleur !
Explosion de chaleur
Dans ma noire Sibérie.

CHARLES BAUDELAIRE

Mon rêve familier

Je fais souvent ce rêve étrange et pénétrant
D'une femme inconnue, et que j'aime, et qui m'aime,
Et qui n'est, chaque fois, ni tout à fait la même
Ni tout à fait une autre, et m'aime et me comprend.

Car elle me comprend, et mon cœur transparent
Pour elle seule, hélas ! cesse d'être un problème
Pour elle seule, et les moiteurs de mon front blême,
Elle seule les sait rafraîchir, en pleurant.

Est-elle brune, blonde ou rousse ? – Je l'ignore.
Son nom ? Je me souviens qu'il est doux et sonore
Comme ceux des aimés que la Vie exila.

Son regard est pareil au regard des statues,
Et, pour sa voix, lointaine, et calme, et grave, elle a
L'inflexion des voix chères qui se sont tues.
PAUL VERLAINE

Hymne

À la très-chère, à la très-belle
Qui remplit mon cœur de clarté,
À l'ange, à l'idole immortelle,
Salut en l'immortalité !

Elle se répand dans ma vie
Comme un air imprégné de sel,
Et dans mon âme inassouvie
Verse le goût de l'éternel.

Sachet toujours frais qui parfume
L'atmosphère d'un cher réduit,
Encensoir oublié qui fume
En secret à travers la nuit,

Comment, amour incorruptible,
T'exprimer avec vérité ?
Grain de musc qui gît, invisible,
Au fond de mon éternité !

À la très-bonne, à la très-belle,
Qui fait ma joie et ma santé,
À l'ange, à l'idole immortelle,
Salut en l'immortalité !
CHARLES BAUDELAIRE

… Que tu es belle, ma bien-aimée, que tu es belle ! Tes yeux sont des colombes, derrière ton voile ; tes cheveux comme un troupeau de chèvres, ondulant sur les pentes du mont Galaad.
Tes dents, un troupeau de brebis à tondre qui remontent du bain. Chacune a sa jumelle et nulle n'en est privée.
Tes lèvres, un fil d'écarlate, et tes discours sont ravissants. Tes joues, des moitiés de grenades, derrière ton voile.
Ton cou, la tour de David, bâtie par assises. Mille rondaches y sont suspendues, tous les boucliers des preux.
Tes deux seins, deux faons, jumeaux d'une gazelle, qui paissent parmi les lis.
Avant que souffle la brise du jour et que s'enfuient les ombres, j'irai à la montagne de la myrrhe, à la colline de l'encens.
Tu es toute belle, ma bien-aimée, et sans tache aucune !…
… Mon bien-aimé est frais et vermeil, il se reconnaît entre dix mille.
Sa tête est d'or, et d'un or pur ; ses boucles sont des palmes, noires comme le corbeau.
Ses yeux sont des colombes, au bord des cours d'eau se baignant dans le lait, posées au bord d'une vasque.
Ses joues sont comme des parterres d'aromates, des massifs parfumés. Ses lèvres sont des lis ; elles distillent la myrrhe vierge.
Ses mains sont des globes d'or, garnis de pierres de Tarsis. Son ventre est une masse d'ivoire, couverte de saphirs.
Ses jambes sont des colonnes d'albâtre, posées sur des bases d'or pur. Son aspect est celui du Liban, sans rival comme les cèdres.
Ses discours sont la suavité même, et tout en lui n'est que charme.
Tel est mon bien-aimé, tel est mon époux…
CANTIQUE DES CANTIQUES

Le bonheur

Si vous voulez être heureux, soyez-le.
LÉON TOLSTOÏ

La beauté n'est que la promesse du bonheur.
STENDHAL

Il n'y a pas de honte à préférer le bonheur.
ALBERT CAMUS

Soyez les poètes de votre vie.
Osez chaque jour mettre du bleu dans votre regard et de l'orange à vos doigts,
Des rires à votre gorge et surtout, surtout une tendresse renouvelée à chacun de vos gestes.
JACQUES SALOMÉ

J'ai décidé d'être heureux,
parce que c'est bon pour la santé.
VOLTAIRE

Faites simple : préférez le bonheur !
OLIVIER LOCKERT

Le bonheur de demain n'existe pas.
Le bonheur, c'est tout de suite
ou jamais.
RENÉ BARJAVEL

Le bonheur, quel qu'il soit, apporte air, lumière et liberté de mouvement.
FRIEDRICH NIETZSCHE

Seul celui qui est heureux peut répandre le bonheur autour de lui.
PAULO COELHO

Il ne faut pas de tout pour faire un monde.
Il faut du bonheur et rien d'autre.
PAUL ÉLUARD

Le bonheur c'est de chercher.
JULES RENARD

Le bonheur à deux,
ça dure le temps de compter jusqu'à trois.
SACHA GUITRY

Le Temps s'échappe à tire-d'aile ? Sois sans peur.
Et l'heureux sort n'est pas éternel ? Sois sans peur.
Profite de l'instant que te vaut la Fortune.
Sans regret, sans regard vers le ciel, sois sans peur.
OMAR KHAYYÂM

Il existe une zone de flou artistique entre le célibat dépressif et le mariage ennuyeux : baptisons-la bonheur.
FRÉDÉRIC BEIGBEDER

Le vrai bonheur ne dépend d'aucun être, d'aucun objet extérieur. Il ne dépend que de nous...
DALAÏ LAMA

La plupart des hommes font du bonheur une condition.
Mais le bonheur ne se rencontre que lorsqu'on ne pose pas de condition.
ARTHUR RUBINSTEIN

Les gens heureux n'ont pas besoin de se presser.
PROVERBE CHINOIS

Le bonheur, c'est d'être heureux ; ce n'est pas de faire croire aux autres qu'on l'est.
JULES RENARD

Le couple

Entre deux individus, l'harmonie n'est jamais donnée, elle doit indéfiniment se conquérir.
SIMONE DE BEAUVOIR

Dans un couple, peut-être que l'important n'est pas de vouloir rendre l'autre heureux, c'est de se rendre heureux et d'offrir ce bonheur à l'autre.
JACQUES SALOMÉ

On s'étudie trois semaines, on s'aime trois mois, on se dispute trois ans, on se tolère trente ans et les enfants recommencent.
HIPPOLYTE TAINE

Tout est magie dans les rapports entre homme et femme.
PAUL VALÉRY

Je crois qu'il est possible
à deux personnes
de changer ensemble,
de grandir ensemble et de s'enrichir
au lieu de se diminuer l'une l'autre.
La somme de un plus un peut être infinie !
RICHARD BACH

Attachement
Ne me possède pas
Ne me divise pas
Apprends-moi qui je suis
Laisse-moi une parole libre
mon seul bien
des mots miens
Respecte en moi
mes pensées girouettes
mes tâtonnements
et mes émerveillements
Ne protège pas mes peurs
sans me répondre
sans me juger
me déjuger aussi

Ne fais plus de discours sur moi
Laisse-moi circuler
follement dans mon passé
ou
inventer l'irréel
Laisse-moi oser
réaliser l'irréalisable

Oui

ma parole est moi
même si elle me trahit parfois
au malhabile des mots
Offre-moi
de découvrir et de dire
tout ce que je ne sais pas encore
(...)
JACQUES SALOMÉ

Quand cet homme-là aime cette femme-là et que cette femme-là aime cet homme-là, les anges désertent le paradis, s'asseyent dans leur maison et chantent de joie.
BRAHMA SUTRA

Trop de colle ne colle plus,
trop de sucre n'adoucit plus.
PROVERBE CHINOIS

Les seuls beaux yeux sont ceux qui vous regardent avec tendresse.
COCO CHANEL

Le mariage est un vaisseau ballotté par la mer houleuse de la vie, mais un vaisseau sanctifié que les ondes ne peuvent engloutir.
LAJOS ZILAHY

Tu es responsable de ta rose...
« Je suis responsable de ma rose... »
répéta le petit prince...
ANTOINE DE SAINT-EXUPÉRY

La confiance est un élément majeur :
sans elle, aucun projet n'aboutit.
ÉRIC TABARLY

Avoir la confiance de quelqu'un est un compliment plus important que d'être aimé.
GEORGE MACDONALD

Il n'y a pas de grenouille
qui ne trouve son crapaud.
PROVERBE FRANÇAIS

La véritable intimité est celle qui permet de vivre ensemble des rêves différents.
JACQUES SALOMÉ

La confiance est une des possibilités divines de l'homme.
HENRY DE MONTHERLANT

Il est bon aussi d'aimer; car l'amour est difficile. L'amour d'un être humain pour un autre, c'est peut-être l'épreuve la plus difficile pour chacun d'entre nous, c'est le plus haut témoignage de nous-même; l'œuvre suprême dont tous les autres ne sont que les préparations. C'est pour cela que les êtres jeunes, neufs en toutes choses, ne savent pas encore aimer; ils doivent apprendre. De toutes les forces de leur être, concentrées dans leur cœur qui bat anxieux et solitaire, ils apprennent à aimer... L'amour ce n'est pas dès l'abord se donner, s'unir à un autre. L'amour c'est l'occasion unique de mûrir, de prendre forme, de devenir soi-même un monde pour l'être aimé. C'est une haute exigence, une ambition sans limites, qui fait de celui qui aime un élu qu'appelle le large. Dans l'amour, quand il se présente, ce n'est que l'obligation de travailler à eux-mêmes que les jeunes devraient voir.
RAINER MARIA RILKE

Déclaration des droits de l'homme et de la femme à l'amour

Te rencontrer
sans te réduire
Te désirer
sans te posséder
T'aimer
sans t'envahir
Te dire
sans me trahir
Te garder
sans te dévorer
T'agrandir
sans te perdre
T'accompagner
sans te guider

Et être ainsi moi-même,
  Au plus secret de toi.
JACQUES SALOMÉ

Dans une relation amoureuse,
Il faut être vraiment prêt à tout.
Un bonheur est si vite arrivé !
JACQUES SALOMÉ

Se servir d'une seule
âme pour être deux.
PAUL CLAUDEL

Il n'y a jamais eu de créature.
Il n'y a jamais eu que le couple.
Dieu n'a pas créé l'homme
Et la femme l'un après l'autre,
Ni l'un de l'autre.
Il a créé deux corps jumeaux
Unis par des lanières de chair
Qu'il a tranchés depuis,
Dans un accès de confiance,
Le jour où il a créé la tendresse.
JEAN GIRAUDOUX

À deux, nul versant n'est trop raide.
HENRIK IBSEN

Et cette fusion en un seul être,
De deux êtres séparés,
Accomplie graduellement
À travers toute une vie,
Est l'œuvre la plus haute
À laquelle puisse prétendre
Le temps de l'éternité.
D.H. LAWRENCE

Le mariage

Pitié pour ceux qui se marient pour être heureux.
Pitié pour ceux qui, par malheur, seront trop longtemps heureux de ce bonheur anodin qu'on leur souhaite au jour de leurs noces – trop longtemps amoureux de l'amour inoffensif des lunes de miel !
Pitié pour ceux qui seront trop longtemps photogéniques et présentables comme au jour de leurs noces !
Elles sont froides les cages de verre quand la lumière des vitrines s'éteint !
Le mariage a pour nous d'autres ambitions.
Le mariage ne nous veut pas présentables, il nous veut vivants ! – et il nous fera perdre la face jusqu'à ce que, sous nos masques, apparaissent nos vrais visages.
CHRISTIANE SINGER

Tout mariage est une rencontre dramatique entre la nature et la culture, entre l'alliance et la parenté.
CLAUDE LÉVI-STRAUSS

Un mariage heureux est une longue conversation qui semble toujours trop brève.
ANDRÉ MAUROIS

Les mariages se font au ciel et se consomment sur la terre.
ANTOINE LOISEL

La décision essentielle que prend un être humain au cours de sa vie est le mariage. On dira qu'on épouse un inconnu. Il ne s'agit pas de faire le meilleur choix possible, cela n'a aucun sens, il s'agit de donner sa parole à quelqu'un qui, comme vous, y engage tout.
JACQUES CHARDONNE

L'amour est aveugle, mais le mariage permet de retrouver la vue.
CHRISTOPH LICHTENBERG

Le mariage est et restera le voyage de découverte le plus important que l'homme puisse entreprendre ; toute autre connaissance de l'existence, comparée à celle d'un homme marié, est superficielle, car lui et lui seul a vraiment pénétré l'existence.
SÖREN KIERKEGAARD

Le mariage est une chose impossible et pourtant la seule solution.
ALAIN-FOURNIER

Voulez-vous savoir ce qui fait les bons mariages ? Les sens dans la jeunesse, l'habitude dans l'âge mûr, le besoin réciproque dans la vieillesse.
DUC DE LÉVIS

Mariage : communauté se composant d'un maître,
d'une maîtresse et de deux esclaves,
le tout en deux personnes.
AMBROSE BIERCE

Le mariage doit être une éducation mutuelle et infinie.
HENRI-FRÉDÉRIC AMIEL

Ce qui rend le mariage si lumineux et si cruellement thérapeutique, c'est qu'il est la seule relation qui mette véritablement au travail.
Toutes les autres relations aventureuses et amicales permettent les délices de la feinte, de l'esquive, de la volte-face et de l'enjouement.
Obstiné, têtu, doté d'une tête chercheuse que rien ne distrait de son but, le mariage n'est rien d'autre que la quête en chacun de sa vérité. Il fait expérimenter la relation réelle, vivante, celle qui n'esquive rien.
CHRISTIANE SINGER

Le mariage est une vaste et double aventure dont bien peu ont sondé les profondeurs.
W.C. FIELDS

Le mariage en soi n'est pas une tare, tout dépend de ce qu'on en fait.
CATHERINE DENEUVE

Une belle-mère, c'est une dame qui donne sa ravissante fille en mariage à un monstre horrible et dépravé pour qu'ils fassent, ensemble, les plus beaux enfants du monde.
ALPHONSE KARR

Chacun sait que l'amour en herbe est une forme temporaire de folie, et que le seul remède est un mariage rapide.
GROUCHO MARX

L'amour en mariage,
C'est accepter de vivre avec une autre personne,
sans vouloir la changer.
C'est comprendre que des jours on est perdant
et que d'autres jours on est gagnant.
C'est se rendre compte qu'on ne connaîtra
jamais l'autre à fond.
C'est être capable de vivre avec les faiblesses
et les forces de l'autre.
C'est éviter le calcul dans le partage des tâches,
de soi et de l'argent.
C'est démontrer et faire savoir à l'autre qu'il est
grand et important.
C'est savoir se taire pour écouter l'autre qui a
besoin de communiquer sa joie ou sa peine.
C'est faire confiance à l'autre et croire en sa sincérité.
C'est accepter l'imprévisible et apprendre à gérer l'inconnu.
C'est renégocier ensemble chacune des étapes de la vie.
MARIUS MORIN

Le mariage, c'est l'art pour deux personnes de vivre ensemble aussi heureuses qu'elles auraient vécu chacune de leur côté.
GEORGES FEYDEAU

Les règles pour un mariage heureux :
Ne pas s'endormir avant qu'une dispute ne soit résolue
Ne critiquer son partenaire qu'avec tendresse
Lors d'une dispute, s'arranger pour que l'autre ait raison
Ne crier que si la maison est en flammes
Ne pas évoquer les erreurs du passé
Tout oublier mais jamais son partenaire
Ne jamais se mettre en colère en même temps
Toujours admettre toutes ses erreurs
Savoir pardonner et demander pardon
Chaque jour faire un geste d'amour.
ANONYME

Avant le mariage, une femme doit faire l'amour à un homme pour le retenir. Après le mariage, elle doit le retenir pour lui faire l'amour.
MARILYN MONROE

Quand on aime le jour de son mariage, on aime pour la vie.
JOSEPH LALLIER

L'amour plaît plus que le mariage, par la raison que les romans sont plus amusants que l'histoire.
CHAMFORT

Le succès du mariage repose sur deux choses :
trouver la bonne personne et être la bonne personne.
ANONYME

Un mariage réussi suppose de tomber souvent amoureux, mais toujours de la même personne.
MIGNON MC LAUGHLIN

Toujours se marier le matin. Comme ça, si ça ne marche pas, vous n'aurez pas perdu votre journée.
MICKEY ROONEY

Devenez des époux, demeurez des fiancés.
PÈRE CARRÉ

Pour se marier, il faut un témoin, comme pour un accident ou un duel.
SACHA GUITRY

Je tiens le mariage
le plus beau
et le plus sûr état
qui soit au monde.
MARGUERITE DE NAVARRE

À notre époque, on ne se marie jamais
très bien du premier coup, il faut s'y reprendre.
ALFRED CAPUS

Le mariage est la traduction en prose du poème de l'amour.
ALFRED BOUGEARD

Les mariages sont écrits dans le ciel.
PROVERBE FRANÇAIS

Le bonheur est promis à ceux sur qui le soleil luit le jour de leur mariage.
JOSEPH LALLIER

Le mariage est un saut périlleux dans l'avenir.
CARMEN SYLVA, REINE DE ROUMANIE

Toutes les tragédies se finissent par une mort,
et toutes les comédies se finissent par un mariage.
LORD BYRON

L'amour c'est de la physique,
le mariage c'est de la chimie.
ALEXANDRE DUMAS FILS

Si tu vas en guerre, prie une fois ; si tu vas en mer, prie deux fois ; si tu vas en mariage, prie trois fois.
PROVERBE POLONAIS

Tu es mon mari,
Mes pieds courent grâce à toi.
Mes pieds dansent grâce à toi.
Mon cœur bat grâce à toi
Mes yeux voient grâce à toi
Mon esprit pense grâce à toi
Et j'aime grâce à toi.
CHANSON D'AMOUR ESKIMO

Alors Almitra parla à nouveau et dit : Qu'en est-il du Mariage, maître ?
Et il répondit en disant :
Vous êtes nés ensemble, et à tout jamais vous resterez ensemble.
Vous serez ensemble quand les blanches ailes de la mort éparpilleront vos jours.
Oui, vous resterez ensemble jusque dans le silence de la mémoire de Dieu.
Mais qu'il y ait des espaces dans votre union.
Et que les vents des firmaments dansent entre vous.
Aimez-vous l'un l'autre, mais ne faites pas de l'amour une chaîne.
Laissez-le plutôt être une mer se balançant entre les rivages de vos âmes.

Remplissez chacun la coupe de l'autre, mais ne buvez pas à la même coupe.
Donnez-vous du pain l'un à l'autre, mais ne mangez pas le même morceau.
Chantez et dansez ensemble et soyez joyeux, mais sachez demeurer seuls,
Pareils aux cordes du luth qui sont seules mais savent vibrer ensemble en musique.
Donnez vos cœurs, mais sans que l'un et l'autre le gardent :
Car seule la main de la Vie peut comprendre vos cœurs.
Et restez ensemble, mais pas trop près l'un de l'autre :
Car les colonnes du temple se dressent à distance,
Et le chêne et le cyprès ne croissent pas à l'ombre l'un de l'autre.
KHALIL GIBRAN, *LE PROPHÈTE*

Il n'y a pas plus belle, plus amicale et plus charmante relation, communion ou compagnie, qu'un bon mariage.
MARTIN LUTHER

L'objectif de la vie ne devrait pas être de trouver la joie dans le mariage, mais d'offrir plus d'amour et de vérité au monde. On se marie pour se soutenir dans cette tâche.
LÉON TOLSTOÏ

Un mariage réussi est un mariage qui réussit aux autres. Le mariage a une face privée et une importance publique. Si nous pouvions résoudre tous nos problèmes économiques sans fonder de familles aimantes, cela ne nous apporterait rien. Car c'est dans la famille que l'avenir se construit avec amour et bonté, ou déformé.
Ceux qui se marient vivront des jours heureux s'ils persévèrent dans leur vraie aventure, celle de se créer l'un l'autre et celle de créer un monde meilleur.
L'ARCHEVÊQUE DE CANTERBURY
(À L'OCCASION DU MARIAGE DE LA REINE ÉLISABETH II)

Ce qui rend le mariage si fort et si indestructible, c'est qu'il réunit un homme et une femme autour d'un projet.
D'un projet fou.
Souvent voué à l'infortune.
D'un défi quasi impossible à réaliser et impérieux à oser.

Le drame serait de ne pas tenter l'impossible, de rester une vie entière, à la mesure de ce qu'on peut.
Christiane Singer

Comme c'est la couronne et non le désir de régner qui fait le roi, c'est le mariage et non l'amour qui vous réunit aux yeux de Dieu et de l'homme. Aussi haut que se trouve Dieu au-dessus de l'homme, se trouvent la sanctification, les droits et les promesses du mariage au-dessus de la sanctification, des droits et des promesses de l'amour. Ce n'est pas l'amour qui maintient le mariage, mais c'est maintenant le mariage qui maintient votre amour.
Dietrich Bonhoeffer

Ouvrages consultés

En français

• Jean-François Regnard, *Voyage en Laponie* (1681), Inalf, 1961.
• Fustel de Coulanges, *La Cité antique* (1864), Inalf, 1961.
• Pierre-Augustin Guys, *Lettres sur les Grecs anciens et modernes avec un parallèle de leurs mœurs*, Inalf, 1961.

• Louis Dumont, *Une sous-caste de l'Inde du Sud*, Mouton, 1957.
• Lise Vincent Doucet-Bon, *Le mariage dans les traditions anciennes*, Albin Michel, 1975.
• Lynda Mair, *Le mariage. Étude anthropologique*, Payot, 1977.
• *Costumes, mœurs et légendes de Savoie*, Imprimeries réunies de Chambéry, 1978.
• Pierre Maréchal, *Coutumes et traditions du mariage*, CPE, 1981.
• Martine Segalen, *Amours et mariages de l'ancienne France*, Berger-Levrault, 1981.
• Pierre Bozon, *La vallée des Villards*, Imprimeries réunies de Chambéry, 1982.
• A. Obelitala, *Initiation en Afrique noire et en Grèce*, Bantoues, 1982.
• Jean-François Lafitou, *Mœurs des sauvages américains*, Maspero, 1983.
• Sabine Jeannin Da Costa, *Histoire du mariage*, La Martinière, 1995.
• J.-C. Bologne, *Histoire du mariage en Occident*, J.-C. Lattès, 1995.
• Tradition wallonne, vol. 10 : *Près de chez nous, loin de chez eux : mariage et traditions*, Éd. Traditions et parlers populaires, Wallonie-Bruxelles, 1996.
• E. Tomasini, *Les aphrodisiaques naturels*, De Vecchi, 1996.
• *Histoire de la vie privée*, dirigée par P. Aries et G. Duby, Seuil, 1999.
• Lillian Too, *Le feng-shui sans peine*, Trédaniel, 2000.
• J. Goody, *Famille et mariage en Eurasie*, PUF, 2000.
• Josiane Cauquelin (dir.), *L'énigme conjugale. Femmes et mariage en Asie*, Presses Universitaires Blaise Pascal, 2000.
• Sabine Melchior-Bonnet et Catherine Salles, *Histoire du mariage*, La Martinière, 2001.
• Jacques Jomier, *Pour connaître l'islam*, Cerf, 2001.

• Béatrice de Villaines et Hugues de Champs, *Les saisons de la vie*, La Renaissance du livre, 2002.
• T. et G. Baldizzone, *Noces*, Flammarion, 2002.

• Jean Chevalier et Alain Gheerbrant, *Dictionnaire des symboles*, « Bouquins », Robert Laffont, 1969.
• *Théo, l'encyclopédie catholique pour tous*, Droguet et Ardent/Fayard/La Vie, 1993.
• *Dictionnaire encyclopédique du judaïsme*, « Bouquins », Cerf/Laffont, 1996.
• *Encyclopédie des symboles*, « Pochothèque », Livre de Poche, 1996.

• *Autrement* n° 105, « Mariage, mariages », 1989.
• *Géo* n° 234, « Rites amoureux autour du monde ».
• *Encyclopédie des religions*, Bayard, 2001.
• *Actualité des religions* n° 23, « Se marier avec quelqu'un d'une autre religion », janvier 2001.

En anglais

• Sidney Barbara Metrick, *I do*, Celestial Arts, 1992.
• Daphne Rose Kingma, *Weddings from the heart*, Conari Press, 1991, 1995.
• Cynthia C. Muchnick, *Ultimate wedding idea book*, Prima Publishing, 2001.
• Janet Anastasio et Michelle Bevilacqua, *The everything wedding vows book*, Adams Media Corporation, 2001.

Sur le moteur de recherche Google, le mot « mariage » renvoie à 1 290 000 sites.

Infos et recettes

Table des matières

1572

IMPRIMÉ EN ESPAGNE PAR LIBERDÚPLEX (Barcelone)

pour le compte des
Nouvelles Éditions Marabout
D.L. nº 57245 - avril 2005
ISBN : 2-501-04139-9
40-0753-0/ 01